Erri De Luca

Les poissons ne ferment pas les yeux

Traduit de l'italien
par Danièle Valin

Gallimard

Titre original :

I PESCI NON CHIUDONO GLI OCCHI

© *Erri De Luca, 2011.*
Première publication par Giangiacomo Feltrinelli Editore, Milan.
Publié en accord avec l'agence Susanna Zevi Agenzia Letteraria.
© *Éditions Gallimard, 2013, pour la traduction française.*

Erri De Luca est né à Naples en 1950 et vit aujourd'hui près de Rome. Venu à la littérature « par accident » avec *Pas ici, pas maintenant*, son premier roman mûri à la fin des années quatre-vingt, il est depuis considéré comme l'un des écrivains les plus importants de sa génération, et ses livres sont traduits dans de nombreux pays.

En 2002, il a reçu le prix Femina étranger pour *Montedidio*.

« À quoi sert de baiser ta poussière ?
Moi, je suis ta poussière. »

ITZIK MANGER

« Je te le dis une fois et c'est déjà une de trop : trempe tes mains dans la mer avant de mettre l'appât sur l'hameçon. Le poisson sent les odeurs, il fuit la nourriture qui vient de terre. Et fais exactement ce que tu vois faire, sans attendre qu'on te le dise. En mer, c'est pas comme à l'école, il n'y a pas de professeurs. Il y a la mer et il y a toi. Et la mer n'enseigne pas, la mer fait, à sa façon. »

J'écris ses phrases en italien et toutes à la fois. Quand il les disait, c'étaient des rochers isolés et beaucoup de vagues au milieu. Je les écris en italien, elles sont ternes sans sa voix pour les dire en dialecte.

Il commençait souvent par « et ». À l'école, on apprend à éviter les conjonctions en début de phrase. Pour lui, c'était la suite d'une autre, prononcée une heure ou un jour avant. Il parlait peu, avec de longs intervalles de silence tout en vaquant aux tâches d'un bateau de pêche.

Il s'agissait pour lui d'un seul discours, qui de temps en temps se détachait de sa bouche avec le « et », dont la lettre *e* dessine un nœud quand on l'écrit. J'ai appris par sa voix à commencer mes phrases par une conjonction.

Il voyait du bon en moi, enfant de la ville qui venait sur l'île l'été. Je descendais à la plage des pêcheurs, je passais des après-midi entiers à regarder les mouvements des barques. Avec la permission de ma mère, je pouvais monter sur une des plus longues avec des rames aussi grosses que de jeunes arbres. Je ne faisais presque rien à bord, le pêcheur me laissait lui donner un coup de main et il m'avait appris à me servir des rames, deux fois plus grandes que moi, en poussant dessus de tout mon poids, debout, les bras tendus et en croix. Le bateau s'ébranlait tout doucement et puis avançait. Et je me sentais plus grand. À certains moments, ma petite force de rameur rendait service au pêcheur. Il ne me permettait pas d'approcher des hameçons, des longues lignes lestées du plomb de fond. C'étaient des instruments de travail qui n'avaient rien à faire dans les mains des enfants. Alors que sur la terre ferme, à Naples, les outils et les heures de travail n'étaient pas ce qui leur manquait.

Il me laissait jeter l'ancre. J'avais maintenant dix ans, un magma d'enfance muette. Dix ans, c'était un cap solennel, on écrivait son âge pour la première fois avec un chiffre double. L'enfance se termine officiellement quand on ajoute le premier zéro aux années. Elle se termine, mais il ne se passe rien, on est dans le même corps de mioche emprunté des étés précédents, troublé à l'intérieur et calme à l'extérieur. J'avais dix ans — *tenevo* dix ans : chez nous le verbe « tenir » est plus précis pour dire l'âge. J'étais dans un corps pris dans un cocon et seule ma tête tentait de le forcer.

Sorti de l'école primaire avec un an d'avance, je venais de finir ma sixième cet été-là. On avait enfin droit au stylo à bille, plus de tablier noir, d'encrier, de plume ni de buvard, qu'on appelait *carta zuca* en dialecte, papier suceur.

J'avais changé dans ma tête, en pire me semblait-il. À l'âge où les enfants ont cessé de pleurer, moi au contraire je commençais. L'enfance avait été une guerre, autour de moi il mourait plus de jeunes que de vieux. Rien de leur temps n'était un jouet, même s'ils le jouaient avec acharnement. Cela m'était épargné, mais il me fallait mériter ce temps.

Je restais enfermé dans l'enfance, comme nourrice sèche j'avais la petite chambre où je dormais sous les châteaux de livres de mon père. Ils s'élevaient du sol au plafond, c'étaient les tours, les cavaliers et les pions d'un échiquier placé à la verticale. La nuit, des poussières de papier entraient dans mes rêves. Durant mon enfance au pied des livres, mes yeux ne connurent pas les larmes. Je faisais le petit soldat, ma journée était un incessant va-et-vient dans cet espace réduit de sentinelle.

À l'arrivée de mes dix ans le changement, le bastion des livres ne suffit plus à m'isoler. Venant de la ville, les cris, les misères, les cruautés se lancèrent tous ensemble à l'assaut de mes oreilles. Ils étaient là aussi avant, mais tenus à distance. À dix ans, le nerf entre la douleur extérieure et mes fibres se connecta. Je pleurais, ce qui m'humiliait encore plus que de faire pipi au lit. Une chanson, les trilles d'un canari qu'on avait rendu aveugle pour tirer de sa gorge une note d'appel plus limpide, un acte de violence dans la ruelle : les frémissements de larmes et de colère montaient, et poussaient jusqu'au vomissement. Un vieil homme se mouchait, se serrait dans ses vêtements en lorgnant vers le haut en quête d'un rayon, un chien la queue entre les pattes poursuivi par la pierre d'un enfant : une dysenterie des yeux me faisait courir aux toilettes.

Même le cri étranglé du vendeur d'ail secouait ma poitrine. Il avait du mal à percer sous les autres voix. Mais son invitation à en manger ne faisait pas rire : « *Accussì nun facite 'e vierm'* », Comme ça vous n'aurez pas de vers. Dans sa voix elle devenait un expédient désespéré. Je pleurais avec une serviette de toilette sur la bouche. J'allais me regarder dans la glace, c'était la seule façon de me calmer : mon visage décomposé par mes grimaces me dégoûtait à tel point que je m'arrêtais. Et en classe, si ça m'arrivait, je faisais semblant d'avoir mal au ventre et je demandais à aller aux toilettes. Là, impossible de rester longtemps, il se passait des choses mystérieuses, les portes ne fermaient pas et un adulte pouvait arriver à l'improviste.

À dix ans, je commençai à chanter à voix basse. La grosse caisse de la ville suffisait à me couvrir, mais je devais cacher le mouvement de mes lèvres. Je mettais ma main devant ma bouche, les doigts touchant mes pommettes, la paume servant de rideau de scène. Encore maintenant, j'aime chanter comme ça quand je conduis. Par un effet acoustique que j'ignore, un son intense et clair monte à mes oreilles. En classe, je le faisais pendant les cours ou bien quand le vacarme de la ville grouillante entrait par les fenêtres grandes ouvertes. En général, on n'aime pas le bruit des moteurs, moi au contraire je le préfère à celui des voix. Elles montaient en pyramides de hurlements par besoin de se précipiter hors de la gorge plus que pour s'adresser à quelqu'un. Les voix de

15

la ville grouillante cherchaient à se neutraliser, chacune prétendait supprimer les autres. Je préférais les moteurs, les sonneries, les cloches, le gaz sonore qui libère une concentration interne. Main sur la bouche, j'entonnais un chant pour mes oreilles.

Je pleurais, je chantais, actes clandestins. À travers les livres de mon père, j'apprenais à connaître les adultes de l'intérieur. Ils n'étaient pas les géants qu'ils croyaient être. C'étaient des enfants déformés par un corps encombrant. Ils étaient vulnérables, criminels, pathétiques et prévisibles. Je pouvais anticiper leurs actes, à dix ans j'étais un mécanicien de l'appareil adulte. Je savais le démonter et le remonter.

Ce qui me gênait le plus, c'était l'écart entre leurs phrases et les choses. Ils disaient, ne fût-ce qu'à eux-mêmes, des paroles qu'ils ne maintenaient pas. « Maintenir » : c'était mon verbe préféré à dix ans. Il comportait la promesse de tenir par la main, maintenir. Ça me manquait. En ville, mon père n'aimait pas me prendre par la main, pas dans la rue, si j'essayais il dégageait sa main pour la glisser dans sa poche. C'était un refus qui m'apprenait à rester à ma place. Je le comprenais parce que je lisais ses livres et je connaissais les nerfs et les pensées qui étaient derrière les gestes.

Je connaissais les adultes, à part un verbe qu'ils poussaient jusqu'à l'exagération : « aimer ». Son emploi m'agaçait. En sixième, la grammaire latine l'utilisait pour étudier la première conjugaison, avec l'infinitif en *-are*. Nous récitions les temps et les modes d'« aimer » en latin. C'était une friandise obligatoire pour moi indifférent à la pâtisserie. « Aime », l'impératif, m'irritait plus que tout.

Au plus fort du verbe, les adultes se mariaient, ou bien se tuaient. Le verbe « aimer » était responsable du mariage de mes parents. Ma sœur et moi étions un effet, une des étranges conséquences de la conjugaison. À cause de ce verbe, ils se disputaient, ils se taisaient à table, on entendait les bouches mastiquer.

Dans les livres, il y avait une grande agitation autour du verbe « aimer ». En tant que lecteur, j'y voyais un ingrédient des histoires, au même titre qu'un voyage, un crime, une île, une bête fauve. Les adultes exagéraient avec cette monumentale antiquité, reprise telle quelle du latin. La haine, oui, je la comprenais, c'était une contamination de nerfs étirés jusqu'à leur point de rupture. La ville ingurgitait la haine, elle l'échangeait avec un bonjour de hurlements et de couteaux, elle la jouait au loto. Ce n'était pas celle d'aujourd'hui, dirigée contre les pèlerins du Sud, méridionaux, tziganes, africains. C'était une haine d'humiliation, de piétinés chez eux et pestiférés à l'étranger. Cette haine mettait du vinaigre dans les larmes.

Autour de moi, je ne voyais ni ne connaissais le verbe « aimer ». Je venais de lire *Don Quichotte* en entier et il m'avait renforcé dans cette idée. Dulcinée était du lait caillé dans le cerveau de l'héroïque chevalier. Ce n'était pas une dame et elle s'appelait Aldonza. J'ai appris par la suite que pour les lecteurs c'est un livre amusant. Je le prenais à la lettre et la raclée qu'il devait subir à tous les chapitres me faisait pleurer de rage.

Ses cinquante ans hardis et décharnés étaient alors à mes yeux un âge vertigineux pour celui qui frôle l'abîme en somnambule. Je tremblais pour Quichotte d'un chapitre à l'autre. Seule ma malice de lecteur me rassurait : le livre avait encore des centaines de pages, il ne pouvait pas mourir au début. L'écrivain qui rouait de coups sa créature me faisait verser des larmes de colère. Et après les rossées, les défaites, comme punition supplémentaire il lui ouvrait les yeux, l'espace d'une seconde, pour lui montrer sa misérable réalité. Mais en fait, du haut de mes dix ans, je savais que c'était lui, Quichotte, qui avait raison : rien n'était tel qu'il semblait. L'évidence était une erreur, partout il y avait un double fond et une ombre.

En sixième, on pouvait se servir d'un stylo à bille. « Écrivez » : sur l'ordre du maître on attrapait sa plume et on la trempait dans l'encre. Si l'angle de la pointe sur le papier était trop grand, une goutte d'encre tombait sur la feuille. Si l'angle était trop petit, elle ne glissait pas et on grattait à vide. L'index et le médium s'imprégnaient de la crasse de ce bleu. Le papier buvard faisait partie de nos fournitures : les élèves pauvres ne pouvaient pas s'en acheter et alors ils séchaient en soufflant, mais doucement, une légère brise, pour ne pas étaler l'encre. Sous leur souffle mesuré, les lettres tremblaient en scintillant, comme les larmes et les braises.

Le collège n'était pas mixte, il était à sexe unique. À la fin des cours, les jeunes garçons se rendaient à la sortie des collèges de filles. Je les suivais à temps perdu, c'était sur le chemin de la maison. Là-devant, le bruit des voix atteignait l'hystérie. Appels, hurlements, éclats de rire, bousculades, une foule de petits hommes se glissait dans l'autre groupe pour des premiers contacts par frottement avec les corps du mystérieux sexe opposé. C'étaient deux paquets de cartes neuves qui se mélangeaient étroitement à grand bruit. Masculin et féminin exaspéraient leurs différences pour se plaire.

Je restais sur le trottoir, adossé au mur, à regarder les corps se démêler. Nous étions nés après la guerre, nous étions l'écume laissée après la tempête.

L'air se chargeait de brillantine et de réglisse. J'observais le quart d'heure de la sortie sans le comprendre. Cette génération ne se trouvait encore dans aucun livre. Pourquoi éprouvaient-ils cette attirance pour un frétillement de bassin d'anguilles ? J'étais triste pour eux et pour moi. Nous ne nous croiserions jamais. Pas même l'été sur l'île, eux l'après-midi dans les bars où l'on payait la musique en glissant une pièce dans le juke-box, moi nageant ou sur la plage pour voir les pêcheurs tirer les filets au sec.

La corde était aussi épaisse qu'un bâton, gorgée d'eau, traînée à terre par une dou-zaine de bras. Ils gagnaient un mètre, centi-mètre par centimètre, sous le commandement d'un chef qui donnait un rythme musical à la traction. Autour d'eux, les gens de la mer prêtaient leur aide et moi j'essayais de me mêler à eux, de ne pas montrer que j'étais étranger. Mais même avec mon pantalon bleu décoloré, mon tricot de corps blanc et mes pieds nus, je portais sur moi une mauvaise odeur de ville.

À l'arrivée du sac terminal, on renversait sur le sable graveleux le blanc scintillant du poisson, il étincelait de vie face au soleil qui tombait ensuite derrière les terrasses des vignes.

La pêche au filet est la seule qui ne rougit pas de sang. Avec leurs paniers plats, les femmes faisaient vite le tri et le partage. D'autres après-midi, j'allais sur le quai avec ma ligne et quelques vers trouvés dans le sable le matin. Je restais assis, attendant que ça morde, je rentrais à huit heures et le jour de l'été finissait là. Cette année de mes dix ans, pour la première fois, j'eus la permission de sortir aussi après le dîner. Sur l'île, je cessai de pleurer et de chanter.

Ma sœur, de deux ans ma cadette, était une catapulte d'instincts. Elle répandait autour d'elle ses humeurs du moment, sans retenue. À son réveil, c'était une furie déchaînée contre le monde qui la dérangeait, avec l'école et le reste. Puis, elle se dépensait dans toutes sortes de jeux, de préférence ceux de ballon. Elle me demandait de jouer avec un petit ballon dans l'espace exigu de l'appartement : une partie de foot endiablée, bourrades, pincements, cris, coups de pied et ses victoires, comble de la fête. Elle apprendrait ensuite le ping-pong, le tennis, le volley. Elle avait le don de trouver le bon angle, ses coups partaient d'un instinct de géométrie, pratiquée avec style, une légèreté dans l'effort.

Contrairement à moi qui étais casanier, elle était attirée par ce qui se passait dehors, elle se tenait souvent sur le balcon. À l'école, elle était la camarade la plus recherchée, invitée à déjeuner ou à passer l'après-midi chez les autres élèves. Et elle dormait même chez elles. Cet été-là, elle était invitée dans plusieurs familles. Elle connaissait par cœur des pages de *Autant en emporte le vent*, elle savait se disputer et, si elle criait, elle faisait taire toute la ruelle. « Madame, la vie fait chanter, elle sort comme ça », disaient à ma mère les femmes de l'immeuble. Elle était si bruyamment différente de tempérament qu'on aurait pu croire qu'un de nous deux avait été échangé au berceau, moi probablement. Elle était passionnée de cirque et, lorsqu'un chapiteau s'installait à Fuorigrotta en hiver, nous étions obligés d'y aller tous les quatre, elle ne tolérait aucune défection. Elle s'amusait comme une folle, elle applaudissait, elle criait et, à la fin, le clown l'enlevait de sa chaise et lui faisait faire un tour de piste à cheval sur ses épaules. Là-haut, elle arrivait au firmament de sa gloire bien méritée.

Quand elle sera grande, elle fera le tour de la planète avec un cirque, pensais-je, mais elle est restée à Naples. Et elle a peut-être eu raison, il n'existe pas de plus grand cirque au monde en dehors d'ici.

À la fin de ma première année au collège, je devais repasser les maths en octobre. Je découvris l'évidence de mon infériorité. Je ne suivais pas les passages d'une opération à l'autre. Incapable de demander, je restais en arrière. Je voyais les autres courir sur les nombres et moi immobile sur la ligne de départ. La découverte de l'infériorité sert à décider de soi. Je l'acceptai sans humiliation, il suffisait de l'admettre. Il y avait d'immenses domaines du savoir que je n'effleurerais pas. En octobre, je réussis l'examen, pas la leçon de mon incapacité. Aucune habileté dans un domaine n'a pu corriger la conscience de l'insuffisance que j'ai de moi-même.

Un jeune enseignant de l'île me donnait des leçons à la table d'un bar. Chauve, une mèche de cheveux d'une tempe à l'autre de son crâne, il avait une voix qui sortait plus de son nez que de sa bouche. Il se moquait de ma difficulté et sa variante de mon humiliation me réconforta : « Tu es un garçon comme il faut, comment se fait-il que tu sois aussi mauvais en maths ? »

À travers l'écriture, je m'approche du moi-même d'il y a cinquante ans, pour un jubilé personnel. L'âge de dix ans ne m'a pas porté à écrire, jusqu'à aujourd'hui. Il n'a pas la foule intérieure de l'enfance ni la découverte physique du corps adolescent. À dix ans, on est dans une enveloppe contenant toutes les formes futures. On regarde à l'extérieur en adultes présumés, mais à l'étroit dans une taille de souliers trop petite. La définition d'enfant subsiste, à cause de la voix et des jouets délaissés, mais encore conservés.

Je continuais à lire des illustrés, mais plus de livres qui remplissaient mon crâne et élargissaient mon front. Les lire, c'était pour moi prendre le large en bateau, mon nez étant la proue, et les lignes les vagues. J'allais lentement, à la rame, passant sur un mot que je ne comprenais pas, sans fouiller dans le dictionnaire. Il restait approximatif, dans l'attente d'être compris. Je devais y arriver tout seul, en trouver le sens à travers d'autres occasions, à force de le rencontrer.

Cinquante ans plus tard, je m'approche de cet âge d'archive de mes formats successifs. Loin de là, j'ai brûlé la graisse de ce moi-même d'autrefois, effaçant des variantes. Dans ce corps sommaire, il y avait l'émotion et la colère des années révolutionnaires, dans le latin il y avait l'entraînement aux langues suivantes, dans le cratère du volcan il y avait les montagnes que j'escaladerais à quatre pattes. Dans les décombres récents de la guerre, il y avait celle de Bosnie, que je traverserais, et les bombes italiennes sur Belgrade de la dernière année du XXe siècle, que j'accueillerais accoudé à la fenêtre d'un hôtel avec vue sur le Danube et la Save.

Le destin, selon sa définition, est un parcours prescrit. Dans la langue espagnole, c'est plus simplement une arrivée. Pour celui qui est né à Naples, le destin est dans son dos, c'est venir de là. Être né et avoir grandi là tarit le destin : où qu'il aille, il l'a déjà reçu en dot, lest et sauf-conduit à la fois. Les récits de ma mère, de ma grand-mère et de ma tante ouvraient les grands entrepôts des histoires. Leurs voix ont formé mes phrases écrites qui ne sont pas plus longues que le souffle nécessaire à les prononcer.

Sur la plage, cet été-là, je m'acharnais sur les dessins des mots croisés, les rébus, les anagrammes et les cryptographies. Si je ne trouvais pas la solution, je ne la regardais pas dans le numéro suivant. Je laissais les vides derrière moi et je continuais. Aujourd'hui, je crois que le sport cérébral est une bonne école d'écriture, il entraîne à l'exactitude du mot qui doit correspondre à la définition requise. Il exclut celles qui sont voisines et l'exclusion est une bonne part du vocabulaire de celui qui écrit des histoires. Le sport cérébral m'a donné le talent jongleur nécessaire aux mots. Ce que je tenais alors pour un vice solitaire a été au contraire un atelier de mécanique de la langue.

Je ne demandais pas d'aide aux adultes, l'indication d'un nom, d'un fait inconnu. Il arrivait en revanche que ce soient eux qui m'en demandent. C'était délicat, si j'avais la solution, je devais savoir la présenter. Je ne pouvais pas la dire comme ça, c'était trop pédant. « Je l'ai sur le bout de la langue, je suis sûr que ça commence par… » Si ça ne venait pas, au bout d'un moment je faisais semblant d'avoir longuement réfléchi et je disais le mot. J'avais appris les adultes par les livres, je savais comment m'y prendre. Avec ceux de mon âge, en revanche, je ne savais pas, en dehors des heures obligatoires de l'école je ne partageais aucun loisir.

Sous le parasol voisin, une fillette du Nord passait son temps à lire des polars, les mêmes que ceux que ma grand-mère dévorait en une journée. J'étais stupéfait qu'on puisse lire tout un livre en un seul jour. Aujourd'hui encore, je passe lentement sur les lignes, je vais à pied par rapport à ceux qui lisent à la vitesse d'un vélo. La fillette lisait comme ça, rapidement et sans être attirée par ce qui l'entourait. Sa mère l'interrompait en l'invitant à piquer une tête, à se rafraîchir. Elle retournait son livre ouvert sur sa serviette et répondait à son appel sans agacement, mais sans entrain non plus. Et elle ne faisait pas de manières au contact de l'eau, elle y entrait avec légèreté, comme dans une autre pièce. Elle nageait le dos crawlé et la brasse pendant dix minutes, puis elle sortait. Elle essorait ses mèches châtain sur le sable, elle se séchait et s'allongeait pour lire.

Je la regardais par curiosité. Elle aussi en tournant les pages regardait furtivement de mon côté, sérieuse, un point d'interrogation entre les sourcils. La pensée d'une attirance ne m'effleurait même pas. Son corps allongé pour lire ne faisait aucun effet au mien, qui restait enfermé. Je ne m'expliquais pas non plus pourquoi je pleurais en ville et pas à la mer. C'était sans doute le sel collé à ma peau toute une saison qui me servait de bouclier.

La fillette ne ressemblait pas à celles qui sortaient de l'école dans la cohue mixte. Elle produisait un effet inverse tout autour, de silence et d'espace. Un bateau à moteur en bois étincelant passait, une traînée blanche derrière l'hélice, et se faisait admirer. Elle ne se retournait pas. La navette de onze heures passait et déclenchait des vagues amusantes pour ceux qui savaient les prendre. Les mères s'alignaient en sentinelles, l'une ou l'autre appelait un enfant hors du mètre de contrôle, elle rien, indifférence universelle. Je me félicitais de son insolence méridionale, qu'elle ignorait sûrement posséder.

Je me rendais compte de la nouveauté : je m'intéressais à une fille de mon âge. Je n'aurais

jamais osé prendre l'initiative de demander :
« Qu'est-ce que tu lis ? » Je le savais.

Après la navette de onze heures, maman me
donnait vingt lires pour une sucette glacée.
J'allais la déguster sous les pilotis de la terrasse.
J'étais en train de faire mon achat au bar,
quand elle s'approcha elle aussi et demanda la
même chose. Tandis que nous ôtions le papier,
elle dit : « Je lis des polars. » Comme si c'était la
chose la plus naturelle, je répondis à voix basse :
« Je sais, j'apporte les mêmes à ma grand-mère
tous les dimanches. Elle les lit le lundi et attend
les six autres jours.

— Allons nous asseoir », dit-elle. Je la pré-
cédai, mais je n'allai pas jusqu'aux poteaux, je
m'arrêtai sur les marches en bois.

« Tu es en quelle classe ? demandai-je.

— Ne perdons pas de temps à ces bêtises.
Toi, pourquoi es-tu comme ça ? »

J'essayai de deviner et je répondis : « J'aime
tout ce qui est écrit, les journaux, les listes. Je
sais par cœur la carte des consommations et
des prix du bar. Je lis tout.

— Moi aussi, mais ça n'explique pas pourquoi tu ne vas pas avec eux », et elle regarda
du côté d'un petit groupe qui jouait au ballon
sur le sable.

« C'est pas des jeux pour moi. L'après-midi,
je nage ou je vais sur la plage des pêcheurs

pour les voir tirer les filets. Un homme que je connais m'emmène parfois pêcher sur son bateau. Je sais un peu ramer.

— Moi, je suis un écrivain. »

J'étais épaté, je reniflai, de près je pus mieux saisir l'huile d'amande dont elle se servait pour se protéger. Chez nous, on avait l'habitude de se brûler et, après les cloques pleines d'eau qu'il fallait crever avec une aiguille, poussait la peau de l'été, une deuxième peau épaisse et foncée. Elle étalait sur elle un petit tube français dont le nom voulait dire « bain de soleil ». Ce n'était pas une définition appropriée. Je ne l'aurais pas employée dans les mots croisés. On pouvait prendre un bain au soleil, mais pas de soleil. Sinon, il s'agissait d'un bain de crème. Je savais déjà que la publicité préférait la suggestion à l'exactitude. C'était une odeur qui lui allait bien.

« Mince alors, écrivain, tu sais donc comment sont faits les grands, tout ce qu'ils font. Moi aussi je le sais, mais je n'ai rien écrit, je ne veux pas qu'ils se sentent découverts.

— Je ne sais rien des grands, ils ne m'intéressent pas, moi j'écris des histoires d'animaux. J'étudie leur comportement : avec leur corps ils s'échangent de longs discours qui durent une heure chez nous sans qu'on se comprenne pour autant. J'essaie de faire comme eux, ne pas perdre de temps. »

Sa mère vint vers nous. En garçon bien élevé je me levai et lui dis : « Bonjour madame, je m'appelle... » La femme eut un sourire forcé et monta les marches en passant devant nous.

« Tu as eu la réaction du bébé loup, dit-elle.

— Je n'ai pas perdu de temps ?

— Les animaux se saluent beaucoup. Et maintenant, c'est moi qui te salue. » Elle se leva pour suivre sa mère. Je me tournai vers la main qui tenait la sucette glacée. Fondue, elle serrait un bâtonnet vide.

Mon père était aux États-Unis. Quatrième enfant d'une Américaine venue en Italie au début du XXe siècle, il avait hérité d'elle l'appel du pays. Elle avait épousé un Napolitain, un grand-père inconnu à l'air sérieux sur les photos, il ne sourit sur aucune. Papa avait désiré l'Amérique depuis qu'il était petit. À Noël, une malle arrivait de New York, pleine de cadeaux envoyés par sa grand-mère qu'il ne verrait jamais. Ces jouets duraient une année entière. L'Amérique était cette malle et la langue de sa mère. À l'âge où il aurait pu y aller, il y avait eu la guerre fasciste contre les États-Unis.

Pour ne pas avoir à se battre contre son propre sang, il s'était engagé, lui Napolitain, dans le corps des chasseurs alpins, envoyé en Albanie. L'arrivée des Américains à Naples l'avait beaucoup déçu. Charles Poletti et les autres commandaient les Italo-Américains, ils étaient la Little Italy et pas l'Amérique. Quand il les entendait dire *paisa'*, pays[1], il en avait des frissons. Ses étagères étaient pleines de littérature de là-bas. Je la lisais moi aussi, je l'aimais, ils n'y allaient pas par quatre chemins, pas d'introspection, mais des récits d'hommes et d'espaces. Ils étaient faits pour la vitesse et le travail. Lui se considérait comme un Américain à cinquante et un pour cent. Depuis qu'il était petit, il collectionnait les timbres de la correspondance entre sa mère et sa grand-mère. Le plus beau représentait l'île de Terre-Neuve, avant-poste pour celui qui arrive par l'Atlantique. Cet Ouest avait concentré ses désirs.

Cet été-là, il était enfin à New York. Son énergie manquait sous notre parasol. Il me traînait par les pieds jusqu'à la mer, j'avais à peine le temps de lâcher mon stylo et mes mots croisés avant d'entrer dans l'eau accroché à lui. Il m'éclaboussait, me faisait couler, me mettait sur son dos et me lançait en l'air. J'acceptais d'être ainsi malmené, ça me légitimait : après lui aucun jeu ne tenait la comparaison. C'était le seul père qui se comportait ainsi, aucun autre ne se déchaînait de la même façon avec ses enfants en liberté. Il faisait un peu de scandale et d'envie.

---

1. Compatriote.

Cet été-là, personne ne me traînait par les pieds, je restais sous le parasol à lire n'importe quoi d'écrit.

Il manquait aussi sur la plage cette catapulte à ressort qu'était ma sœur. Notre formation était plus que diminuée de moitié sans leur déferlante énergie à tous les deux. J'avais sur moi une carte postale avec son bon souvenir de New York. Tenant le bâtonnet de ma sucette glacée fondue sur ma main, je pensai que je pourrais la montrer à la fillette le lendemain.

« Mon père est aux États-Unis. Lui, il dit Amérique, mais je préfère dire la nation, il existe aussi l'Amérique du Sud.

— Qu'est-ce qu'il est allé faire là-bas ? L'émigrant ? »

Le lendemain à onze heures, après la navette, nous nous étions retrouvés sur l'escalier. Je faisais plus attention à ma sucette glacée. Auparavant, sous le parasol, nous n'avions échangé qu'un salut de la tête.

« Non, il y est allé en avion. Mais il cherche du travail. Il doit rester neuf mois, la durée du visa. S'il fait fortune, il nous appellera pour qu'on le rejoigne. »

Il avait fallu tout un tas de documents certifiés au consulat, et même un *affidavit* des États-Unis et à la fin il manquait le *security check*, les antécédents politiques. Papa avait vécu à Rome pendant l'après-guerre et il fallait une déclaration de cette préfecture. Une fois celle-ci arrivée, il resta encore les formalités des photos au consulat, de face et de profil, la prise des empreintes digitales et les vaccinations. Les États-Unis étaient prudents avec les étrangers. En revanche, on ne demandait presque rien aux réfugiés qui passaient par l'Italie ces années-là, car personne ne voulait s'installer chez nous.

À l'époque, les avions pour les États-Unis faisaient escale en Irlande, puis survolaient l'océan Atlantique à cinq mille mètres d'altitude, aujourd'hui ils volent deux fois plus haut.

« Il vous écrit de là-bas ? Qu'est-ce qu'il raconte ?

— Il est allé voir *Guernica*, le tableau de…

— Je sais, raconte, ne perds pas de temps. »

Moi, je trouvais que nous en avions à revendre, que nous pouvions en offrir à ceux qui étaient près de leur fin. Tu parles ! Peut-on faire un paquet avec du temps à l'intérieur et l'offrir pour Noël ? J'en avais plein, le mien et en plus celui qui était dans les livres. Mais c'est elle qui devait avoir raison, elle et les animaux, il ne fallait pas perdre de temps. Celui qui nous est imparti dure autant que celui qui n'est pas gaspillé, le reste est perdu.

« Allez, raconte, dépêche-toi.

— Eh, j'essaie, excuse-moi, je n'ai pas l'habitude de parler.

— Bien, les animaux aussi se servent peu de leur voix, à part les chiens et je ne les supporte pas.

— Lui est à moitié américain, sa mère est née aux États-Unis, mais elle s'est mariée à Naples. Elle n'est plus retournée là-bas.

— Elle est morte ?

— Non, nous allons la voir le dimanche.

— C'est elle qui lit les polars en un seul jour ?

— Non, elle, c'est la mère de ma mère. »

Je vis la dame s'approcher de nous, j'allais me lever, elle me retint, leva la tête et fit à sa mère un non si brutal avec son cou que celle-ci s'arrêta et revint sur ses pas.

« Continue.

— Il écrit qu'à New York il y a une odeur de mazout et de tabac. Il a vu un film avec Montgomery Clift et Elizabeth Taylor. Il est entré à Central Park, il a vu les pelouses à l'intérieur de la ville. Chez nous, l'herbe du parc municipal ne pousse pas, elle n'a pas le temps. Puis, il est allé à Long Island, il a trouvé des serveurs de Gênes dans un restaurant. Il est allé à pied à Brooklyn en passant devant la maison où habitait sa grand-mère qui envoyait une malle de cadeaux à Noël. Et puis, il est monté en haut du gratte-ciel.

« — L'Empire State Building ?

— Oui, c'est ça.

— Et il a vu le puma ?

— Bien sûr, il le prend pour rentrer à la maison.

— Le puma ?

— Le pullman. » Je pensais qu'au Nord on prononçait différemment.

— Quel pullman ? Le puma, le lion des montagnes.

— Non, il ne l'a pas écrit.

— Il l'a peut-être vu, il l'a croisé et ne vous l'a pas écrit pour ne pas vous effrayer.

— Moi, je crois à ce que je vois écrit. Tout haut, on dit un tas de mensonges. Mais quand on les écrit, alors c'est vrai.

— Je n'y avais pas pensé, c'est exact. Quand j'écris des histoires d'animaux, ils ne font que des choses vraies.

— Même si tu écris qu'un âne vole ?

— Je n'écris pas de bêtises, mais si j'écris que j'ai vu un papillon aller à pied, c'est vrai. Tu me crois ?

— Oui, mais c'est mieux si je le vois écrit. »

Sa mère s'approcha de nouveau. Elle se leva et moi aussi pour m'écarter et laisser plus de place sur les marches en bois. Autour de nous, les gamins me singeaient. Je regardai de leur côté et ils se mirent à rire. Sur le mur des cabines, on avait écrit à la craie que j'aimais la petite fille, il y avait nos prénoms. Amour ? Deux qui se parlent assis ? Ils ne savaient rien du verbe « aimer » qui faisait des ravages dans les romans. J'eus envie d'effacer, mais je changeai d'avis. Il vaut mieux rester indifférent lorsqu'on entend dire du mal. Ma mère avait un proverbe quand elle entendait dire du mal de quelqu'un : « *Al cavallo iastemmato le luce 'o pilo* », Sous l'insulte, le poil du cheval brille.

Sur la plage, ma mère fume et lit le journal, en entier. Elle veut savoir ce qui se passe dans le monde, surtout en Amérique. Quand elle va se baigner, je la regarde, je surveille qu'il n'arrive rien. Elle ne veut pas nager avec moi. Quand elle sort, je me remets à lire. La fillette me regarde. Moi aussi, mais je fais attention à maman quand elle est dans l'eau. Elle ne montre pas que papa lui manque, ou bien il ne lui manque pas. Nous lisons les lettres ensemble. La dernière parlait d'un bain dans l'océan, des vagues qui jetaient par terre, de la marée haute qui recouvre des centaines de mètres en une demi-heure. Chez nous, elle bouge de quelques centimètres. Là-bas, on exagère par vocation.

À l'heure de la glace, nous nous sommes assis sur nos marches basses et des gamins sont venus jouer au ballon. Ils avaient mis le but entre les poteaux et j'ai compris que c'était moi qu'ils visaient. Ils tiraient exprès dans notre direction. J'ai changé de place pour protéger la petite fille. D'un bras, j'ai esquivé deux tirs, puis un coup raté a atterri dans le bar. Le maître-nageur est descendu et les a chassés, on ne plaisante pas avec lui. J'ai compris que ces gamins en ont après moi, ils sont plus grands, de un an au moins. À l'école, il existe des antipathies, je n'y prête pas attention, mais ici ça m'ennuie à cause d'elle, qui n'y est pour rien.

Elle me parle d'animaux. L'hippopotame marche sous l'eau où il tient ses assemblées générales. Il décide sur le fond du fleuve ce qu'il doit faire à terre. Là-dessous, il est plus léger et il a de meilleures idées. Quand il entre dans l'eau, il fait fuir les crocodiles. J'ai trouvé ça étonnant, car les crocodiles font peur même aux lions. Elle dit que les hippopotames sont plus forts. Je lui ai demandé si elle avait écrit cette histoire. Elle a dit que oui. Elle m'interroge sur les poissons. Je lui dis que la peau de la murène est l'inverse de celle du léopard, ses taches sont jaunes sur noir. Si elle mord, elle serre ses mâchoires comme un cadenas et elle ne les ouvre plus, même si elle meurt. Je parle de la vive, qui vit sous le sable de la mer et dont l'épine dorsale est venimeuse. Mettre le pied dessus fait horriblement mal. Ça m'est arrivé, j'ai eu des douleurs terribles au pied et dans tout le corps, jusque dans la tête. Le maître-nageur a dit à un petit de faire pipi sur mon pied. Il ne voulait pas, il avait honte, mais on ne plaisante pas avec le maître-nageur et il m'a fait un pipi chaud sur la plante des pieds. J'étais sur le ventre et je n'ai rien vu.

Elle écoute et ne rit pas. Je suis content, car c'est une scène qui amuse d'habitude celui qui l'entend et qui n'a pas connu l'épine de la vive. La douleur s'est calmée tout doucement. Papa m'a dit que le pipi contient de l'ammoniaque et que c'est ça qui fait de l'effet. Elle écoute attentivement, elle rapproche ses sourcils marron, rentre un peu sa lèvre supérieure dans sa bouche. Je la regarde sans me tourner de tous les côtés, je la regarde fixement tout en parlant. Elle entend aussi avec les yeux. Elle a voulu savoir où se trouve la plage des pêcheurs et le quai où je plonge ma canne à pêche l'après-midi. Elle veut savoir s'orienter, elle ne me demande pas les chemins, mais les points cardinaux. « Le quai est au sud, le soleil se couche à gauche. » Puis, nous nous sommes salués.

Je suis allé me baigner une dernière fois. Un des gamins des tirs de ballon, un gros lard, m'a suivi. Je l'ai entendu dire aux autres : « Je vais lui faire boire la tasse. » Je ne suis pas retourné sous le parasol, je suis entré dans l'eau. Il a plongé à plat ventre et il s'approchait de moi en tapant des bras sur l'eau. Je me suis mis sur le dos et j'ai nagé comme je l'avais appris à la piscine. J'étais entraîné, il n'arrivait pas à me suivre et avançait péniblement, il est retourné sur le rivage. J'ai nagé jusqu'à une petite plage et je suis revenu à pied sous le parasol. Ma mère était prête et elle m'a grondé. Elle me laisse libre sur l'île mais elle tient aux horaires. Je me suis excusé, j'ai pris son sac de plage et nous sommes rentrés à la maison, deux pièces en location, près de la mer.

Après le déjeuner, j'aime pêcher avec mon épuisette, je fouille les rochers. À cette heure-là, maman se repose. Ce sont des heures torrides, l'air grince de chaleur et de cigales. Je ne porte pas de chaussures l'été, une semelle insensible à la brûlure pousse sous mes pieds. C'est ce qui arrive aussi aux mains des boulangers.

À l'heure où elle se réveille je lui fais un café, puis je sors à nouveau.

Le soir, je lis un livre acheté par mon père, des histoires d'Anglais dans leurs colonies de l'océan Indien. Il y a des crimes, mais on n'a pas à découvrir l'assassin. J'ai recopié une phrase : « Le remords ne tourmente pas ceux qui s'en sont bien sortis. » Aujourd'hui, je sais qu'elle est vraie. Alors, elle fut la secousse qui ébranla mes notions religieuses. Le remords, la confession étaient les conséquences inévitables du crime. Le livre disait au contraire que ceux qui s'en tirent bien ne gardent aucune séquelle de souffrance. Il existait une variante selon laquelle le crime n'impliquait aucun poids. Ce fut une secousse souterraine. En lisant, on rencontre des phrases sismiques.

À huit ans, après ma première communion j'allais à l'église le dimanche, tout seul. Papa était socialiste, maman n'aimait pas le rite et ma sœur était trop petite pour venir avec moi, je ne pouvais pas contrôler son impétuosité. Sur l'île, je cessais d'aller à la messe. En ville, c'était un endroit où l'on respirait bien. On disposait d'un espace d'air au-dessus de la tête, de distance entre les gens, le vacarme de la rue se réduisait au reste d'une vague dans un coquillage. Sur l'île, on n'avait pas besoin de ça.

L'île était une main ouverte, en septembre les vignes étaient gonflées, elles demandaient à être cueillies. La grappe écrasée dans la bouche, un grain à la fois, pieds nus l'après-midi sur la terre heureuse des pas d'un enfant : c'était le plus juste des remerciements auquel ne parvenait aucune prière.

Le livre des Anglais parlait d'autres îles, affleurées dans la vaste étendue de l'hémisphère Sud, qui n'est que de l'eau ou presque. Il rapportait des nouvelles de l'immensité angoissante pour les hommes qui ne sont pas nés là. L'écrivain était un expert de ce monde de Blancs en sueur, envoyés gouverner des peuples prompts au sourire et au couteau. L'île où j'habitais avait une bonne taille pour moi, comme la Méditerranée, qui est grande mais gardée dans le giron des terres. Après ces plages d'enfance aucun tropique, l'Océanie m'a attiré. L'île a comblé mon désir de cet ailleurs.

À dix ans, la modestie de mon corps me poussait à disparaître. Je marchais en imaginant que j'étais invisible. Mon pantalon bleu et mon tricot de corps blanc me trahissaient, ils avançaient tout seuls dans la rue, sans moi à l'intérieur, mais personne n'y prêtait attention. La nuit, nu sur mon lit, je pouvais disparaître tout entier.

Sur la plage des pêcheurs, les vieux réparaient les filets, assis les jambes écartées, les mains allant toutes seules. Les yeux voyaient peu, aucun ne portait de lunettes. Les mains avaient déjà appris par cœur ce qu'il y avait à voir. Ils travaillaient le nez en l'air, regardant droit devant vers la mer, qui était aussi en eux. Ils oscillaient à terre comme en bateau. Les enfants étaient occupés par un tas de ferraille, leur jeu préféré était d'apprendre à faire. Ils demandaient à être mis à l'épreuve, ils nettoyaient les barques des incrustations, ils graissaient le tolet où passait la rame. Il y avait peu de bateaux à moteur.

Je saluais le pêcheur qui m'emmenait quelquefois au large. Il vivait dans une pièce sur la plage avec sa femme et ses enfants. Il sortait la nuit pour poser le fil des bonites et attendait sur la mer que les appâts travaillent dans le noir, que les poissons préfèrent. Puis il remontait les cent hameçons étalés sur le fond d'une sèche. Il rentrait aussi avec rien, y laissant les anchois mis comme amorces. Quelquefois un bon poisson mordait et se fourrait dans un trou, tirant le fil avec lui. Alors, il valait mieux être deux, lui pour tirer et un autre pour pousser sur les rames dans la bonne direction. Comme pour arracher une dent, il faut trouver le sens de l'extraction. Certains poissons arrivent à résister dans leur trou à la traction d'un bateau, alors on coupe le fil nylon double force et c'est le poisson qui gagne. Ou bien il perd et alors le terrible mérou remonte à la surface, tout en cou et mâchoire, volé à la poche de la mer. D'autres fois, celui qui avait mordu à l'hameçon était attaqué et déchiqueté par d'autres poissons.

« Un métier sans espoir », disaient-ils entre eux. « *'O facimmo sulo p'a ncannarienzia* », Nous le faisons seulement par désir obstiné. Un mérou valait une nuit passée en mer.

Ma mère connaissait le pêcheur, les nuits calmes elle me laissait aller. Elle me donnait un pull en laine légère et brute qui me grattait. J'aidais aux rames pendant qu'il accrochait les appâts et les descendait un à un dans la mer. Une fois l'étendage terminé, on attendait. L'île était loin, un petit tas de lumières. Allongé à l'avant sur la corde de l'ancre, je regardais la nuit qui tournait sur ma tête. Mon dos oscillait doucement avec les vagues, ma poitrine se gonflait et se dégonflait sous le poids de l'air. Il descend d'une telle hauteur, d'un amas si profond d'obscurité, qu'il pèse sur les côtes. Des éclats tombent en flammes en s'éteignant avant de plonger. Mes yeux essaient de rester ouverts, mais l'air en chute les ferme. Je roulais dans un sommeil bref, interrompu par une secousse de la mer. Maintenant encore, dans les nuits allongées en plein air, je sens le poids de l'air dans ma respiration et une acupuncture d'étoiles sur ma peau.

Des mots nocturnes avaient bien du mal à sortir. Le silence de l'homme dans la nuit était juste. Ni le bateau qui défilait à l'horizon toutes lumières muettes ni le gargarisme d'un bruit de rames à l'approche ne parvenaient à le gâcher. Dans le noir, un échange de salut avec voyelles seulement, car les consonnes ne servent pas en mer, l'air les avale. Ils connaissaient bien tout ce qui les entourait, ils évoluaient avec une mémoire d'aveugles dans une pièce.

Puis tout doucement, une touche de gris

décolorait le point d'horizon appelé orient. De là partait la débâcle de l'obscurité, la clarté s'élevait d'en bas et lorsqu'on voyait nos mains dans le bateau, la récolte commençait. Une syllabe m'indiquait le changement de coups de rames. Le poisson capturé montait à bord, il tapait de la queue sur le bois pour dernière défense. Le pêcheur le saisissait par la tête, dégageait l'hameçon. Parfois, avalé jusqu'au fond de la gorge, il fallait alors couper le fil avec le couteau et laisser l'hameçon à l'intérieur.

Quand le soleil s'était entièrement glissé hors de la mer pour s'élever au-dessus du bateau, nous avions fini. Il prenait les rames à son tour pour rentrer plus vite. Je m'endormais à l'avant, mon maillot de corps sur la tête. À la maison, maman, qui venait de se réveiller, me questionnait sur notre pêche, puis sur mes mains. « Montre-les-moi. » Je lui présentais le dos de mes mains, elle les retournait : « C'est comme ça que tu les abîmes. » Et puis pour se moquer de moi : « Tu as des mains de paysan. »

À force de pousser sur les rames, j'avais des ampoules et le sel faisait le reste. Les premiers petits cals se formaient sur mes mains qui n'avaient jamais travaillé. Pour l'enfant que j'étais, ce n'était rien de plus qu'un jeu sérieux, sans rapport avec l'asservissement de mes camarades en ville, enfermés dans des magasins ou en train de courir en tous sens pour des livraisons, du petit matin au soir. Ce n'est que beaucoup plus tard que j'aurais les mains transformées par les outils.

Sur la plage, je devais être vigilant. J'étais devenu une cible, ils inventaient toutes sortes de moyens pour m'embêter. En mer ils ne pouvaient pas me suivre, à terre ils étaient trois et cherchaient un prétexte. Allongé sur la plage, je lisais ma revue des jeux et mots croisés et ils passaient en courant tout près pour m'asperger de sable. Ils le faisaient tour à tour. Deux minutes et ils recommençaient. J'avais ramassé un oursin dans la mer. Je le cachai dans le sable, près de ma revue. Le premier passa et le rata de peu, le deuxième avait des savates, le troisième était pieds nus, il l'écrasa et sauta en l'air comme un ressort. Il atterrit dans un cri et se roula sur le sable jusqu'à la mer. Les deux autres s'approchèrent pour voir sa plante de pied piquetée de petits points noirs. C'est une douleur fastidieuse, il faut les retirer un par un avec de l'huile et une pince à épiler. J'avais poussé plus loin l'oursin piétiné. La fillette m'avait vu. Elle avait compris avant moi que l'antipathie de ces trois-là à mon égard avait un rapport avec elle.

L'air furieux, ils regardaient de mon côté, je continuais à lire. Une rivalité masculine éclatait à mon insu. C'est elle qui m'en parla, surprise par le coup de l'oursin, de l'utilisation d'un animal comme arme. Elle me raconta qu'à la saison des amours les mâles se battent pour s'accoupler aux femelles en chaleur.

« Comme chez nous avec la guerre de Troie, voulus-je dire pour montrer ce que j'avais appris à l'école.

— Ce n'est pas pareil, chez nous s'y ajoute la volonté d'écraser le vaincu, chez les animaux il ne s'agit que d'un combat pour l'amour. »

Prononcé par elle, le mot *amore* ne sentait pas le moisi. Elle le disait avec un *o* rond, à l'opposé du mien fermé. Je la singeai en exagérant son *o*.

« Et alors ? Qu'est-ce qui te fait rire ? *Amore* : c'est un mot très respectable dans la nature.

— Excuse-moi, c'est ton *o* ouvert qui m'a surpris.

— Tu le dis comment, toi ? »

J'avais honte de le dire.

« Alors ? Tu n'oses pas ? Tu es encore un enfant.

— *Amor'*.

— Tu vois ? Ça ne fait pas rire. C'est une chose sérieuse. Pour les animaux, c'est la plus grande impulsion quand il arrive. Ils oublient de manger et de boire. J'ai entendu l'appel des cerfs dans la forêt à la fin de septembre. Ils font un bruit sourd dans le noir pour s'appeler au combat entre mâles. Ils comprennent à la voix la force et le poids de leurs rivaux. Ils respirent si fort qu'ils doivent tendre leur cou vers le ciel pour laisser sortir leur souffle, sinon il les étouffe. Mon père m'a emmenée un jour dans les bois, c'est un chasseur. »

J'étais sous le charme quand elle parlait, je la regardais en face, carrément dans la bouche. « Nous étions encore dans l'obscurité, mais l'aube approchait. Il s'arrêta tout à coup et me força à me baisser, il prit son fusil et l'épaula. J'étais effrayée et je lui dis tout bas : Non. Il me fit taire d'un geste brusque de sa main dégagée de la détente. Il visa une grande paire de cornes que je vis moi aussi de là où j'étais. Je répétai mon faible non, il eut un geste encore plus sec. Il visa. Je ne pouvais rien faire, ni fermer les yeux ni me boucher les oreilles. Il poussa un soupir et tout en soufflant il fit : Boum !

— Il a tiré ? dis-je tout bas.

— Non, il a fait boum avec la bouche et puis il a baissé son fusil. Il ne m'a plus jamais emmenée avec lui. Il a fait ça par haine ou par amour ? »

Elle n'attendait pas de réponse, j'en fis une quand même : « D'après moi, boum c'est de l'amour. »

Elle sourit comme surprise par un souvenir. « Mon père est mort il y a deux ans. L'automne dernier, en novembre, je suis allée au cimetière. Il faisait déjà froid, ce n'était pas la saison des papillons. Pourtant, un papillon blanc a volé près de moi et s'est posé sur mon genou, là où il mettait sa main. J'aime les animaux, ils nous connaissent et nous ne savons rien d'eux. » Il y avait en elle une fermeté que j'ai retrouvée dans la voix des aveugles.

Ce jour-là, j'allai prendre deux sucettes glacées au bar. Alors que je revenais, un des trois arriva derrière moi et d'une claque il les jeta par terre. De retour sous le parasol, je dis qu'elles étaient tombées. La fillette avait tout vu.

« Il faut que tu fasses attention.

— Je regrette, je les tenais mal, elles sont tombées.

— Sérieusement, tu dois faire attention. »

Je me levai pour aller me baigner, elle aussi se leva. Elle entra dans l'eau en se posant comme le fait une feuille, moi comme plonge une rame. Je m'assurai que nous n'étions pas suivis.

« Ils ne viendront pas, dit-elle, devant moi ils ne se mesureront pas avec toi qui es plus fort qu'eux dans l'eau. »

Je n'y aurais pas pensé, je n'avais pas remarqué non plus sa vivacité. Je ne répondis pas, gêné d'avoir été surpris en train de m'inquiéter.

« Ils te feront payer le coup de l'oursin. »

Au lieu de réagir, je me laissai glisser sous l'eau. Je ressortis à bout de souffle avec les idées plus claires.

« Je l'ai payé avec les sucettes glacées.

— Tu n'es pas un hippopotame, tu ne raisonnes pas mieux sous l'eau. Il s'agissait seulement d'une petite méchanceté, ils ont bien autre chose en tête.

— Comment peux-tu le savoir ?

— Je le sais et c'est tout.

— Je n'ai pas peur », dis-je, et c'était vrai. Je n'avais pas peur d'avoir des ennemis.

« Que tu aies peur ou non ne change rien. Tu dois anticiper leurs coups.

— Et comment ? Si je ne connais même pas les miens. Et puis je le dis sincèrement que je n'ai pas peur de me faire mal, d'être blessé. Ça m'est égal. Mon corps ne m'intéresse pas et il ne me plaît pas. C'est celui d'un enfant que je ne suis plus. Je le sais depuis un an, je grandis et mon corps non. Il reste en arrière. Et donc, peu importe s'il se casse. Au contraire, s'il se casse, il en sortira un corps nouveau. » Je dis ces mots avec une étrange fougue et très sérieusement. Elle fut déconcertée et elle réfléchit.

« Hé, vas-y doucement avec toi, tu m'as fait peur. » Et elle se laissa glisser sous l'eau. Je plongeai moi aussi pour la faire remonter et elle me prit la main. Nous sommes sortis pour respirer, elle tenait toujours ma main.

« Maintenir », mon verbe préféré, était arrivé. Comment peut-elle le savoir ? pensai-je, et je me répondis : Elle le sait et c'est tout. Je n'avais jamais rien touché d'aussi doux jusque-là. Pas même jusqu'à aujourd'hui, maintenant je le sais. Je lui dis que la paume de sa main était mieux que le creux d'un coquillage, pendant que nous regagnions le rivage, détachés. « Tu sais que tu as dit une phrase d'amour ? » dit-elle en se dirigeant vers le parasol.

Une phrase d'amour ? Je ne sais même pas ce que c'est, que lui est-il passé par la tête ? Elle en sait plus que moi grâce aux animaux, mais elle s'est trompée. J'ai dit une phrase d'étonne-ment. Le toucher est le dernier des sens auquel je fais attention. Et pourtant c'est le plus dif-fus, il n'est pas dans un seul organe comme les quatre autres, mais répandu dans tout le corps. Je regardai ma main, petite, épaisse et même un peu rêche. Qu'a-t-elle bien pu sentir dans la sienne ? Je ne pouvais pas demander, c'était peut-être sans le vouloir une question d'amour.

Papa se plaît à New York. Il écrit qu'il est impressionné par la liberté. Il a grandi dans la dictature et puis dans la guerre. La liberté lui fait l'effet d'un manège. Ma mère aussi a grandi avec les mêmes oppressions, mais elle, elle s'adapte tout de suite. Elle m'a dit qu'à notre retour en ville nous allions changer de logement. Nous quitterons nos petites pièces en bas des marches, nous monterons dans un appartement. « Et papa ? » lui ai-je demandé. Il nous rejoindra quand il reviendra, elle va lui envoyer la nouvelle adresse.

Septembre est une renaissance du nez, les odeurs écrasées par la chaleur reviennent. Il a suffi d'une averse et la terre s'est réveillée, comme mon visage le matin au-dessus de la cuvette. Dans l'air est montée une prise de résine de pin, de caroube, de figuier de Barbarie. Pas question de prendre la mer, le libeccio a retenu les pêcheurs à terre. Il souffle du sud avec effronterie, impossible d'étendre le linge. J'aime le napolitain qui dit, à l'espagnole, *viento e tiempo*, « vent et temps ». Il glisse le frétillement d'un *i* qui les rend vifs, insolents et sans prise.

Je me suis promené sur leur plage, pour voir ce qui se passe quand ils restent au sec. Les pêcheurs font divers travaux, ceux qu'on renvoie aux jours de vent. Ils réparent une barque, ils retapent un mur, ceux qui possèdent un moteur le démontent et le remontent. Mon ami pêcheur était en train de faire une nouvelle rame dans une branche de hêtre. Les vagues claquaient comme des gifles sur le rivage. Les bateaux étaient tirés au sec jusqu'aux maisons. Ils les déplacent en faisant glisser les quilles sur des supports en bois savonnés.

À midi, je rentrais à la maison, les trois garçons venaient au-devant de moi. Je me suis arrêté. Je me suis demandé si l'heure était venue de me laisser frapper, si ces coups pouvaient servir à ébranler mon corps immobile. Ils m'avaient vu et couraient à ma rencontre. Non, ai-je pensé, je dois décider moi-même quand ce sera l'heure. Et j'ai filé vers la plage des pêcheurs. Lui était encore en train de façonner la rame, je l'ai rejoint à temps. Ils se sont arrêtés devant lui. Il s'est levé d'un bond et leur a lancé deux terribles hurlements, qui m'ont effrayé. Je ne lui connaissais pas cette voix puissante. Les autres ont décampé sans demander leur reste. Il ne m'a posé aucune question, il s'est essuyé les mains sur son tablier, a laissé son travail et m'a accompagné à la maison. « S'ils t'embêtent, viens me chercher. » Il sait que mon père est loin. Je lui ai demandé combien de temps durerait le libeccio. « Trois jours. »

J'ai songé à prendre un couteau à la cuisine pour me défendre. Et je me suis surpris à penser : un couteau, pour me défendre ? Pourquoi ? Je dois me débarrasser de ce corps d'enfant qui ne se décide pas à grandir. Qu'ai-je besoin d'un couteau, je dois aller chercher ces trois-là et me faire tabasser jusqu'à ce que la coquille se casse. Puisque je n'arrive pas à la forcer de l'intérieur, il faut le faire de l'extérieur. Je dois aller les chercher.

Aujourd'hui, je sais que le corps se transforme très normalement, avec une lenteur d'arbre. Le mien a traversé diverses formes jusqu'à celle du portemanteau qu'il est à présent. À dix ans, je croyais dans la vérité des coups. L'irréparable me semblait utile.

Et c'est ce que j'ai fait alors. Je suis sorti l'après-midi, l'air était frais à cause du vent et une veste en laine n'aurait pas été superflue, mais je ne l'ai pas prise pour ne pas l'abîmer si je me blessais. J'ai marché sur la route principale jusqu'au port. Dans le bar, des groupes de jeunes écoutaient de la musique, ils avaient des jeans tout neufs et léchaient des glaces à quatre parfums — impossible d'en faire tenir plus sur un cornet. Ils restaient là pendant des heures, ils avaient quelques années de plus que moi. Leurs corps s'allongeaient dans la course de la croissance. Je passais invisible sur le trottoir. J'avançais à pas lents, j'étais prêt. J'avais décidé du jour et de l'heure, mais je ne les croisais pas.

Je décidai de revenir sur le bord de mer, plus dégagé. Je passai devant la plage où j'allais me baigner. Assis sur un petit mur, les trois garçons jouaient aux cartes. Ils me virent, ramassèrent leurs cartes et descendirent en vitesse le petit escalier vers la mer. Je ne m'attendais pas à cette réaction, je les suivis. « Mais il est seul », dit l'un d'eux. Ils avaient sûrement cru que le pêcheur était derrière moi. « Il est seul », répétèrent-ils. Personne alentour, ils m'encerclèrent, une claque arriva dans mon dos, qui me poussa vers les deux autres. Et il se mit à pleuvoir des coups que je n'ai pas comptés. J'en reçus un sur le nez, j'y portai les mains. Puis, une fois à terre, un dernier coup de pied me plongea dans le sommeil. Je sais que je ne me suis pas défendu. Des douleurs, oui, fortes, mais aussi un calme obstiné de l'intérieur m'empêcha de crier.

Je me réveillai sur un lit de camp, dans l'in-firmerie de l'île. Ma mère était près de moi et chassait les mouches qui m'importunaient. Je voulais lui sourire, mais un élancement dans mes lèvres m'en empêcha. « Qui a fait ça, mon fils ? » Je ne répondis pas. Mon corps me fai-sait mal en plusieurs endroits, surtout au visage, puis à la poitrine, et je voyais mal. « Qui a fait ça, un homme ? » Je voulais lui dire : c'est moi qui ai fait ça.

« Où sommes-nous ? dis-je d'une voix qui m'était inconnue. Quelle heure est-il ?
— Sept heures du soir, nous sommes à l'hô-pital. »
J'avais passé une radio, nez cassé, bleus et contusions, trois points de suture sur le front.

« Qui a fait ça ? »

Je dis non de la tête.

« Tu ne sais pas ? Comment est-ce possible ? On ne massacre pas un enfant sans raison. »

Le médecin arriva, il était jeune, il parla avec ma mère. Il voulait me garder en observation pour la nuit à l'hôpital. Ma mère fut effrayée, le médecin lui dit que c'était une précaution habituelle, on ne pouvait écarter avec certitude une lésion des organes internes. Ma mère le soupçonna de vouloir lui cacher quelque chose. Pour la tranquilliser, le médecin lui dit qu'elle pouvait m'emmener à la maison et il lui laissa son numéro de téléphone. Ce qui la calma. Puis elle parla avec un autre homme, je n'arrivais pas à voir, mes vaisseaux capillaires avaient éclaté autour des yeux. C'était un carabinier. Il lui dit que c'était l'œuvre de voyous et qu'il les trouverait.

Il était tard quand on me fit monter sur un scooter à trois roues avec l'aide d'un infirmier. Je ne pouvais pas manger, je bus du bouillon avec une paille. J'avalai une pilule et je dormis jusqu'à la moitié du jour suivant.

Le deuxième jour de libeccio est le plus violent. Le vent qui faisait claquer les branches, les fenêtres et les portes me réveilla. Ma mère s'obstinait à me questionner, je ne répondais pas. Comment lui expliquer que j'étais allé moi-même au-devant de ces coups, pour obliger mon corps à changer ? Il existe des raisons qui sont pires que les faits. Je me souvins d'en avoir parlé à la fillette, mais elle ne me trahirait pas. Les animaux aussi gardent les secrets.

Maman resta près de moi ce jour-là et le suivant. Elle me racontait des histoires d'après-guerre, quand la ville commençait sa convalescence, une fois les coups terminés. Avec les Américains, quelques bonnes choses étaient arrivées à Naples, la farine blanche, le blé qui venait des grandes prairies de l'Ouest. Du Kansas, c'était écrit sur les sacs.

Je pensais aux paysans qui avaient semé le blé dans les plaines, au soleil qui l'avait fait pousser, au bateau qui l'avait transporté sur la mer. Telle était la paix, la bonne volonté, le pain blanc à table, et elle sentait bon aussi. En revanche, la guerre pue, elle est répugnante.

Des boîtes de nuit avaient ouvert, c'était la fête tous les soirs dans les belles maisons occupées par les officiers. « *Napoli se vuleva scurda'* » Naples voulait oublier. Les filles perdaient la tête pour les Américains et eux aussi la perdaient. Il s'en est fait des mariages et des promesses de mariage dans les premiers mois de l'occupation. Chaque famille hébergeait un soldat. Celui qu'on avait chez soi apportait des dépôts toutes les bonnes choses d'Amérique.

Mon grand-père voulait faire des affaires avec les Américains. Leurs camions étaient les meilleurs et l'après-guerre était avide de moyens de transport. Mon grand-père était devenu l'ami d'un soldat américain et il lui avait demandé de lui acheter un camion et de l'expédier par bateau. Le soldat partit en permission avec l'argent et on n'entendit plus parler de lui. L'économie de l'après-guerre était une table de jeu, certains gagnaient et d'autres y étaient de leur poche. Mon grand-père avait fini par se procurer un camion, au volant duquel il mit son fils, le frère de ma mère, pour faire des allers-retours à Rome, libérée depuis peu. Sur la route nationale qui longeait la côte, au-dessus d'Itri, étaient postés des brigands. Ils attaquaient les camions. On passait seulement de jour, en colonnes sous escorte armée.

Les histoires de ma mère, accompagnées de sa voix en colère, amusée, malgré tout reconnaissante à sa jeunesse, faisaient passer mes douleurs. J'oubliais même que j'existais quand elle racontait. J'étais un petit sac vide rempli du souffle de ses histoires. Quand elle en avait assez, elle s'interrompait brusquement. « Maintenant ça suffit. » Le petit sac en papier crevait brusquement. Et je redevenais moi-même.

Je me suis trouvé d'autres fois au milieu des coups, avec le souffle court des corps à corps. J'ai connu la haine, pas tant la mienne, assez

rare du fait de mon manque d'énergie senti-
mentale, que celle des autres contre ma génération insurgée et révolutionnaire. Au milieu
des coups, je m'en suis tiré. Même quand ils
me déplacèrent le sternum d'un coup de pied
alors que j'étais encerclé et à terre, je m'étais
défendu jusqu'au moment où était arrivé un
groupe des miens pour m'arracher au tas d'uni-
formes sur moi. Je ne peux me reconnaître
dans cet enfant qui ne se défend pas. Son obs-
tination à vouloir ouvrir une brèche dans son
corps pour faire sortir la forme suivante du
cocon de l'enfance : ce devait être une certitude pour lui. Il existe des actes de foi physique. Comme escalader une paroi en solo, sans
aucune protection. Mais cet enfant qui se laisse
abattre est allé plus loin que l'adulte grimpant
parfois sans corde, au-dessus du vide, à quatre
pattes jusqu'à la sortie au sommet. Cet enfant
de dix ans reste aujourd'hui hors de ma portée.
Je peux l'écrire, le connaître non.

Mon corps avait été ébranlé, il n'était plus le
même.

L'après-midi fut très agité. On frappa à la
porte, c'était le carabinier. Avec lui, les trois
garçons accompagnés de leurs mères qui, à voix
retenue, les invectivaient dans leur dialecte qui
sait châtier. Le carabinier les avait facilement
retrouvés, quelqu'un avait vu et dit. À l'époque,

on savait toujours ce qui s'était passé. Le carabinier voulait qu'ils voient tous les trois ce qu'ils
avaient fait. Les voix dans l'entrée expliquaient
leur visite à ma mère. Les trois garçons se taisaient. Maman vint me demander s'ils pouvaient
entrer. Je fus étonné qu'elle tienne à me laisser
décider. C'était une attention envers une personne, pas envers un enfant. Je fis oui de la tête.
Le carabinier arrêta les mères, les trois garçons
devaient entrer seuls avec lui. Maman ouvrit
la porte et la petite pièce se remplit. Ils regardaient par terre, le carabinier leur ordonna de
me regarder, moi. Derrière mes yeux pochés, je
voyais flou et sombre. Une bande passée autour
de ma tête enveloppait mon nez, ma bouche
était gonflée et une entaille sur le front com-
plétait le tableau. Un des trois se mit à pleurer,
les deux autres tournèrent la tête. Le carabinier leur ordonna à nouveau de me regarder.
Il me demanda si je les reconnaissais, je fis non
de la tête. Le carabinier me le demanda une
deuxième fois, il devait boucler son rapport.
Je les connaissais ? « Nous allons sur la même
plage », ma voix sortit faible et mal. « Ce sont
eux qui t'ont frappé ? » De nouveau, je fis non
de la tête. Le carabinier s'approcha. C'était un
homme d'environ quarante ans, moustaches
noires et cheveux grisonnants sur les tempes. Il
était du Sud. Il se retourna et dit aux autres de
sortir. Il ferma la porte et revint près de moi. Il

retira sa casquette, il avait une autre voix, plus proche.

« Mon gars, il y a une plainte contre eux pour coups et blessures, ils ont déjà avoué. Je les ai amenés ici pour leur donner une leçon, leur montrer ce qu'ils ont fait à trois contre un, et plus grands aussi. Tu es un gars bien et je comprends que tu ne veuilles pas les dénoncer. Mais c'est un acte administratif, ça ne dépend pas de toi. C'est une action de l'État. Je sais que tu ne les dénonces pas par générosité et non par peur. Dis-moi seulement si pour toi ça suffit comme ça. » Je fermai les yeux déjà mi-clos. « Ça te va comme ça ? » Je fis oui de la tête.

Ces mots, la voix juste qui me traitait comme une personne, faisaient remonter mes larmes. Pour lui, à ce moment-là je n'étais pas un enfant. Mais mes yeux gonflés empêchaient mes larmes de sortir.

« Tu me serres la main ? »

Il m'offrit la sienne, j'y posai la mienne.

« Comment se fait-il qu'elle soit rêche et écorchée ?

— Je vais à la pêche de temps en temps, je donne un coup de main pour les rames.

— Moi aussi j'y vais, j'ai un lamparo et je pêche des calamars. »

Il ouvrit la porte et dit à haute voix à ma mère en sortant : « Vous avez un chic fils, madame », et ils partirent.

Je voulais guérir vite pour vérifier les résultats de la transformation de mon corps. Le quatrième jour le vent avait cessé. Un panier de fruits et de gâteaux arriva de la part des mères des trois garçons. Ma mère l'accepta mais ne fit pas entrer la femme. « Heureusement que ton père est là-bas. Tu sais où il l'aurait fait voler, ce panier ? »

La nouvelle s'était répandue dans la petite communauté des vacanciers. Les gens passaient nous voir pour prendre des nouvelles, la fillette avec sa mère aussi. Maman leur fit bon accueil. Elles entrèrent dans ma chambre et la fillette se raidit. Sa mère expliqua quelque chose, je ne sais pas quoi, je n'entendais plus. Le sang m'était monté au visage. Elle me regardait droit dans les yeux, je pouvais le faire moi aussi, les miens avaient dégonflé, il restait du noir autour. Nos deux mères sortirent, la sienne voulut l'emmener hors de la chambre, elle fit un non sec de la tête qui agita ses cheveux. Elles sortirent en laissant la porte ouverte. Elle la referma et vint s'asseoir sur mon lit.

« Où en étions-nous restés ? Ah oui, à la main. » Et elle prit la mienne pour la mettre entre les siennes. Mes doigts se trouvaient entre deux nacres plus douces que du pain. Mais je ne le dis pas.

« Tu n'aurais pas dû te laisser faire ça », dit-elle en durcissant le ton. J'ouvris la bouche

pour répondre, elle posa son doigt dessus :
« Ne dis rien. Trois mâles qui se jettent sur un
seul, ça n'existe pas dans la nature. Maintenant,
c'est l'affaire de la justice. Je sais que tu n'as
pas voulu les dénoncer. Ce qui rend plus difficile la justice, qui doit inventer autre chose. Il
aurait mieux valu que tu fasses ton devoir de
citoyen et que tu laisses la loi s'occuper de ton
affaire. Mais ici, dans le Sud, vous préférez vous
débrouiller tout seuls. Alors dis-moi : tu veux te
venger ?

— Jamais de la vie, c'est moi qui ai cherché
leurs coups.

— Non. Ils t'avaient pris pour cible à cause
de moi et ils voulaient te frapper. Tu aurais dû
essayer de les éviter et moi aussi j'aurais dû être
plus près de toi. Devant moi, ils ne t'auraient
pas frappé. Les mâles ne font pas de coups bas
devant une femme. »

Je la regardais et je me rendais compte
qu'elle était comme ça. C'était une femme, la
première qui émergeait de cette foule qui ne
m'intéressait pas. J'ai connu encore d'autres
fois la surprise d'une femme qui avançait vers
moi, et tout ce qui l'entourait restait hors de
ma mise au point.

Elle parlait de justice, une nécessité pour elle.
Je n'y connaissais rien et ça m'était bien égal.
Comment une justice pouvait-elle me dédom-

mager de mes blessures ? Aucune punition infligée à ces trois garçons ne réparerait mon corps. Il devait guérir tout seul, avec les histoires de ma mère, avec le livre que je lisais, avec les anchois frits, et pas avec le carabinier, l'accusation et tout le tralala de la loi. Je n'avais pas les mots justes que j'ai aujourd'hui, mais c'était comme ça, la justice n'avait pas de prise sur moi. Pour elle, c'était une nécessité première.

Elle reprit ma main, et de là, puis à travers tout mon corps, m'arriva une bouffée de joie, de calories, de remerciement. Je le lui dis : « Tes mains font guérir.

— C'est ta deuxième phrase d'amour. »

Nos mères entrèrent avec leurs tasses de café, elle maintint ma main entre les siennes. Face au monde, le verbe maintenir affirmait ses droits. « Il guérira vite », leur dit-elle à toutes les deux. Puis elle se leva et promit de revenir.

Après leur départ, je voulus me lever de mon lit. Je retrouvais mes forces, mon nez s'était dégagé. Les jours précédents et encore récemment, je devais rincer mes narines à l'eau chaude pour dissoudre les caillots de sang et respirer. Je m'aperçus que je respirais normalement par le nez. J'eus l'idée de prendre un crayon et de me mettre contre le mur pour marquer la hauteur de ma tête. Elle s'était déplacée d'un bon centimètre par rapport au signe précédent. Mon corps avait bougé, c'était donc vrai, il fallait une rupture.

À ce moment-là, j'ignorais qu'un corps étendu dans un lit pendant plusieurs jours subit un allongement. Ce centimètre confirmait l'utilité de mes blessures. Ma mère entendit mes pas, elle vint voir, je lui dis que j'étais guéri, que je pouvais manger à table avec elle. Elle me sourit du coin des lèvres d'un air moqueur.

« Demain on va à la mer, lui dis-je.

— Demain on verra. »

Au cours des années d'adolescence qui suivirent, celles de mon corps arrivé à la taille adulte, le mot « justice » devint le centre de la connaissance. Les nouvelles venant du monde entier se répartissaient entre actions pour ou contre la justice. Les révolutions étaient en faveur. Le XXe siècle n'y allait pas par quatre chemins entre abattoirs de vies humaines et insurrections. C'était une époque où les positions étaient bien distinctes, et on savait de quel côté se ranger.

Je ne sais pas si j'ai une dette envers la fillette pour la centralité du sentiment de justice. Quand, en pleine possession de nos facultés, nous avons commencé à prendre des coups dans de grands espaces pleins de monde, dans des rues et sur des places publiques, elle, je l'avais oubliée. Je lui dois la libération du verbe

« aimer », qui était aux arrêts dans mon vocabulaire. Elle, elle le comprenait grâce aux animaux, aimer était un de leurs rendez-vous. Il avait aussi à voir avec la justice. L'amour des animaux avait un règlement impitoyable et loyal. Elle m'en parlait, sûre de vouloir l'exercer. Qui sait si la petite fille qui me prit la main est devenue juge ou bien zoologiste. Écrivain, non, je l'aurais su en la croisant dans mes lectures. Je l'aurais reconnue, même si aujourd'hui je ne me rappelle ni son prénom ni le Nord auquel elle appartenait. Je l'imagine en train de protéger des baleines.

Le lendemain, je persuadai ma mère de descendre à la plage. Je promis de ne pas aller sous l'eau, seulement jusqu'au cou. Ma lèvre avait dégonflé pendant la nuit, le noir autour de mes yeux s'était estompé. J'étais presque présentable, il restait le pansement sur mon nez et les points sur mon front. Je m'achetai la revue des jeux et mots croisés. Le maître-nageur nous ouvrit un parasol et revint ensuite avec une sucette glacée, qu'il m'offrit. Nous étions parmi les premiers. Je me baignai, le sel me brûlait les côtes et l'épaule, je sortis vite pour ne pas ramollir les croûtes. Je me plongeai dans ma revue et n'en sortis que lorsqu'elle arriva. Je me levai pour la saluer et aussi pour vérifier si mon centimètre changeait quelque chose en face d'elle. Mais j'eus l'impression que c'était elle qui avait grandi. Elle était calme dans ses gestes et décidée. Elle examina mon pansement et mon front. Elle proposa d'aller se baigner, une invitation plus pressante qu'un ordre. Sans plonger, j'entrai dans l'eau du pas lent d'un ivrogne. Une fois là où nous n'avions pas pied, elle me dit des choses que je n'ai pas comprises. Elle me demanda de ne pas la juger pour ce que je la verrais faire les jours suivants.

« Je serai un peu froide avec toi sur la plage, ne fais pas attention. Nous ne nous baignerons pas tous les deux. Nous essaierons de nous voir l'après-midi, d'accord ? »

Je dis un oui confus, elle prit ma main sous l'eau et la serra. Ce n'était ni de la nacre ni du pain, c'était du courant.

Je revins à ma revue et j'y restai plongé. Il y avait un rébus difficile et maman me demandait mon avis. Je me concentrai sur l'image où des objets et des personnages formaient une phrase cachée avec l'aide de quelques lettres posées au-dessus. Le rébus proposait : le chiffre 100, un angelot et, plus haut, une consonne, une note de musique, un veau, deux traits de différentes tailles, dont un barré, une tasse remplie, une corde nouée, une consonne et une voyelle, une lettre grecque, une empreinte de pas. C'était le paysage abstrait des rébus dans lequel chaque détail est au service de l'ensemble, comme cela arrive en prison et rarement dans la réalité.

Je restai deux heures sur le dessin, jusqu'à forcer la solution. La phrase était : « Sans l'amour la volonté ne suffit pas. » Content d'avoir trouvé, je ne prêtai pas attention au sens. Aujourd'hui, je sais que sans l'élan de l'amour la volonté de justice fait défaut. Non pas celle des tribunaux, mais l'autre est une réponse sous l'impulsion de l'amour et c'est ainsi qu'elle varie dans ses applications selon le cas. Pour cette justice, chaque cas est unique.

J'écrivis la solution et la donnai à ma mère. Elle l'examina, puis : « Ah, cent l'amour la veau long thé… Bravo, mon fils, je n'y arrivais pas. » Je me levai, le dos chargé de soleil après deux heures concentré sur cette page. J'enlevai ma casquette et redescendis me baigner. Elle n'était pas sur la plage ni dans l'eau. J'allais remonter en sortant de l'eau quand je la vis, elle se promenait au bord du rivage et elle était avec les trois garçons. Je me retournai vers la mer. Ils ne pouvaient pas me voir, mais je constatai surtout que c'était moi qui ne pouvais pas les voir ensemble. Comme dans la rue, je souhaitai être invisible. À la mer c'était possible, je plongeai et je nageai vers le large sous l'eau. Le pansement se défit. Mes yeux fermés me brûlaient comme s'ils étaient ouverts,

je remontai à la surface plus loin et je continuai à nager.

Je disparaissais à coups de pieds et de brasses.
Je pensai avancer encore, mais j'étais déjà loin
et ne voulais pas d'autre agitation sur la plage.
Je rentrai en nageant sur le dos pour continuer
à voir la pleine mer et rien d'autre.

Le pansement avait disparu, mon nez était
à découvert, je le touchai, il était plus rond
que long. Je n'avais pas oublié la promesse, je
l'avais enfreinte sous le coup d'une impulsion
plus forte. Ma peau était mouillée et les croûtes
s'étaient détachées. Je revins sur le rivage rési-
gné à subir les conséquences de ma transgres-
sion. Ma mère lisait et sur le moment elle ne
remarqua rien. Sa mère à elle oui et elle me
regarda les yeux plissés, avec un léger sourire.
Je cherchai sur son visage celui de sa fille, mais
il n'y était pas, deux beautés éloignées. Ma
mère finit par se rendre compte : « Et le pansement ? » Je répondis qu'il me faisait transpirer,
qu'il me démangeait. Elle avait le choix entre
la colère et la plaisanterie. « Ce n'est pas un
nez que tu as, mais 'nu puparuolo' », un poivron,
expliquai-je à la maman du Nord, qui rit de la
traduction.

J'enfonçai ma casquette jusqu'aux oreilles et
les yeux à terre je remontai de la plage avec ma
mère vers la maison. Les trois points sur mon

front corrigeaient mon ridicule avec une virgule de sérieux. La dérision était normale, elle faisait partie de la note à payer pour grandir.

Les étapes de mon corps ont souvent été cocasses. Les premières semaines d'usine, mes mains s'étaient remplies de petits éclats de fer qui attiraient l'aimant. Les gants protégeaient mal, gorgés d'huile d'engrenage. Sur le chantier, les premiers jours de travail au marteau pneumatique, je rentrais à la maison en titubant, ivre, esquivé par les passants. Ma fourchette glissait de mes doigts, je tenais mon assiette à deux mains. Le voyage du morceau jusqu'à mes dents était imprécis, il se heurtait d'abord au menton, aux moustaches. En revanche, pour écrire mes lignes sur mon cahier, ma plume ne dansait pas.

Ça m'agace de ne pas me rappeler le prénom de la fillette tandis que ces pages s'allongent. Cinquante années de largue ne justifient rien. Ses phrases m'arrivent alors que j'avance dans mon écriture, des détails viennent s'ajouter, et aucun nom. Je pourrais lui en donner un, peut-être même bien approprié, un nom de la mythologie grecque, mais je deviendrais quelqu'un du métier, quelqu'un qui invente.

Quand je lis, j'oublie vite les noms des histoires. Ils n'ajoutent pas de consistance et sont une convention. Je laisse donc vide la case du nom et je continue à l'appeler la fillette, car je ne l'ai pas connue plus petite.

Cet après-midi-là, elle passa à la maison mais je n'y étais pas. À cette époque, les enfants se baladaient seuls sur l'île, avec les chiens. J'étais allé à la plage des pêcheurs. Je nageai vers l'île d'en face, j'aimais me trouver loin. Je mettais de la distance avec la côte, je le fais encore aujourd'hui en grimpant en montagne, pour me détacher.

J'avais assez de souffle, mes bras et mes jambes allaient tout seuls. La surface de la mer est un plafond au-dessus de la profondeur. Les bras navigateurs déplacent l'eau à coups de paume, le corps affleure à moitié. En position allongée, la tête perd beaucoup de son prestige, elle glisse à la même hauteur que les talons, elle avance comme une queue. Je revins au rivage à temps pour voir tirer les filets. Un bateau avait fini son demi-cercle, un homme avec les rames et deux pour faire descendre le rouleau de filet.

Par ici, mon nez ne prêtait pas à rire. On faisait peu de cas des malheurs de la nature, des blessures, des déformations. Tant qu'il y avait de la vie, elle avait un but et une place sur terre. Mon nez violacé, mes yeux ronds écarquillés au-dessus, ébahis et ouverts par une pensée quelconque : je devais ressembler à une rascasse sur l'étal du poissonnier.

Je ne pensais pas au groupe que j'avais vu le matin sur la plage. J'étais encore un enfant qui ne retenait pas ses impressions. Elle les préférait, ils étaient plus grands, plus intéressants aussi parce qu'ils s'intéressaient à elle. Sur la plage des pêcheurs, j'essayais de voir s'ils vendaient des appâts. Ils n'en avaient pas, j'allai creuser dans le sable pour en trouver. Je terminai l'après-midi comme ça, à genoux dos à la mer à tamiser le sable. Je me sentais bien quand je faisais ces choses vides. L'heure de retour était mon seul impératif.

À la maison, ma mère m'envoya chercher deux pizzas, pour elle une marinara. Le pizzaïolo me dit que j'avais une tomate San Marzano sur le nez. Il le dit affectueusement, c'était un progrès par rapport au poivron du matin. Le pizzaïolo dit aussi que la coupure sur mon front me donnait l'air d'un homme. Je n'y avais pas pensé, je surveillais la taille de mon corps, mais il fallait bien que mon visage grandisse aussi.

Après les pizzas, ma mère m'emmena au cinéma en plein air. L'écran se trouvait au milieu des pins, les chaises pliantes étaient en bois, il valait mieux apporter son petit coussin. Elles grinçaient comme des cigales. Le film se passait à Florence, d'après un livre de Vasco Pratolini. Nous l'avions lu, maman voulait faire l'habituelle comparaison. Aujourd'hui comme alors, je préfère le livre au film, pour une raison de priorité. Qu'un livre soit adapté d'un film, ça n'arrive jamais.

Je m'endormis à la moitié. Je n'ai jamais été du soir. Les années d'insomnie des luttes politiques et les heures de travail de nuit sont les seuls moments qui m'ont tenu éveillé.

Je rouvris les yeux une fois les lumières allumées, les chaises rangées. Sur le chemin de la maison, elle me dit qu'elle n'avait pas aimé, que la vivacité de Pratolini avait laissé place à une mélancolie d'intérieur.

Elle et mon père l'avaient bien connu, il était venu plusieurs fois dîner chez eux à Naples juste après la guerre. Papa était passionné de littérature, lui de politique, ils s'entendaient bien en intervertissant les rôles. Maman se rappelait qu'à table on ne perdait pas son temps à parler de foot ou de la pluie et du beau temps. Ils étaient jeunes et discutaient du monde avec la bonne volonté amère de ceux qui l'avaient vu s'effriter et qui devaient le refaire.

Elle aimait les écrivains, moi aussi elle m'a aimé, comme écrivain. Lorsque je faisais quelque chose qui était vraiment à son goût, elle me disait : « *Aro' si' asciuto ?* », D'où es-tu sorti ? Ce qui voulait dire : certainement pas de moi. À mes yeux, aucun jugement ne pourra jamais égaler celui-ci.

Plus tard, quand j'ai grandi, j'ai aimé ce cinéma d'excellents artisans qui prit au bon moment l'intensité de l'art. Le noir et blanc jetait de la lumière sur le parterre des pauvres, scintillant de sueur au front et non de paillettes. Ce cinéma parlait de baraques et pas de palais, des nôtres entassés dans les troisièmes classes et pas dans les voitures de l'Orient-Express. J'y allais tout seul, ne voulant personne à côté de moi pour se moquer de mon émotion, pour freiner le trouble d'une compassion, pour atténuer la détresse d'une colère. J'apprenais l'Italie dans les salles enfumées des cinémas, eux aussi divisés en classes : première, deuxième et troisième exclusivité, où arrivaient des copies en morceaux et recousues.

Le cinéma italien d'après-guerre m'a appris à regarder, au moins autant que les voix des femmes de Naples m'ont appris à écouter. On l'a qualifié du terme approximatif de « néoréaliste », mais il était visionnaire. Il parlait d'inconnus entraînés dans un siècle fou de mécanique. L'acier, la lumière électrique, les avions, l'arrivée des foules dans l'histoire : il fallait être exalté pour faire la bonne mise au point. Dans *La grande pagaille*, document sur les désordres du 8 septembre 1943, un photogramme montre un marin en uniforme qui s'enfuit à cheval sur une place. Tel était le cinéma, il foudroyait l'instant par une vision, sœur d'un vers de poésie plus que d'une phrase en prose.

Je me brûlais les yeux dans ces salles, je toussais la fumée des autres et pourtant je me trouvais dans une foule de gens muets qui se voyaient eux-mêmes sur l'écran, avec le parfum de leurs dialectes.

Je disais que j'allais travailler chez un camarade et en réalité, à quatre heures, je me glissais dans une salle de cinéma. J'en sortais ayant appris, par absorption. Le lendemain, en classe, je ressassais les scènes imprimées. J'ai aimé ce cinéma-là, en simple spectateur. Comme devant les tableaux : je ne me suis pas placé du point de vue du peintre, mais de celui qui se tient de côté et lorgne par-dessus les têtes du haut du balcon.

Aujourd'hui, je reviens à cet âge de mes dix ans, quand je ne parvenais pas à voir un film en entier parce que je m'endormais. Aujourd'hui, il m'arrive à nouveau de me frotter les yeux et d'éteindre la lumière au cours de la première partie. C'est dû à l'âge qui rouille le jour en début de soirée, mais aussi au fait que ce grand cinéma a disparu des salles en même temps que les sièges pliants en bois.

Sur une de mes étagères se trouve maintenant un livre de Pratolini, *Métier de vaga-bond.* Une date, 18/1/50, et une dédicace de mon père à ma mère pour ses vingt-cinq ans. Ils étaient mariés depuis quatre ans. Ils s'aimaient, ces deux-là, ils s'offraient des livres. Elle était enceinte de moi. La date de la dédicace dénonce mon intrusion dans leurs vies que je suis venu encombrer en étranger. Ils voulaient un enfant, c'est moi qu'ils eurent. Eux sont mes parents, mais moi j'ai été peu et mal leur fils.

18/01/50, elle était à la moitié de sa grossesse, mon petit tas d'os pointait de son ventre. Je garde ouverte la page de la dédicace et je suis pris du désir maudit de n'avoir pas existé, de les laisser vivre en paix, ces deux-là. Avec plus de violence qu'à dix ans, où je souhaitais être invisible, je pense à son ventre plat sans mon poids dedans. « Métier de vagabond », tel était le reproche de son père à Pratolini. Pour celui qui a un penchant tordu à ne jamais avoir existé, il reste le métier de fantôme.

Quelque part dans le cinéma en plein air se trouvait aussi la fillette avec les trois autres, elle me le dit le lendemain matin sur la plage. Ce jour-là, j'avais emporté le livre des mers du Sud, je ne me souciais plus de passer pour un marmot intellectuel. Auparavant, j'avais demandé la permission, accordée, mais je ne devais pas l'abîmer avec des doigts mouillés ni le remplir de sable.

Ce jour-là était arrivée une lettre de mon père. Il avait trouvé du travail, il demandait à ma mère si elle voulait le rejoindre là-bas. Elle resta la lettre à la main, le visage sombre fixé sur la mer. J'imaginai qu'elle dirait non, parce qu'elle regardait vers Naples et non vers l'ouest, une pensée stupide que je gardai pour moi. Puis, elle me demanda ce que je pensais de cette proposition, si je voulais y aller. À partir de ce moment-là, l'Amérique devint pour elle le là-bas.

Là-bas, il y avait la vitesse, je grandirais forcément, parce que là-bas tout devenait immense, chaussures, glaces, voitures, et ils étaient tous grands, soldats, écrivains, ouvriers. J'étais attiré par un endroit où commencer sans connaître personne. Je pouvais retirer mon uniforme d'invisible, je le serais sans effort d'imagination. Ce pouvait être un bon endroit pour moi, un pays qui s'appelait là-bas. J'apprendrais la langue de ma grand-mère, je résoudrais des mots croisés américains, j'aurais des chaussures et des glaces de marque là-bas. J'insiste sur les chaussures et les glaces parce que je me souvenais de ces mots en anglais, un reste parmi d'autres perdus.

Mon père, le benjamin de la famille, était né à cause de la guerre. Mon grand-père, vieux soldat enrôlé en 1917, avait mis sa femme enceinte avant de partir pour le front. On faisait ainsi autrefois, pas par méfiance mais par observance des coutumes. Un peu d'anglais avait circulé dans la maison, ma grand-mère tenait à le transmettre. La langue est la dernière propriété de celui qui part pour toujours et elle, elle ne revint plus dans sa terre.

Pour la première fois, ma mère voulait mon avis sur une chose importante, et pas sur un rébus. « Qu'est-ce qu'on fera là-bas ? Ta sœur, où qu'on la mette elle est bien et elle organise aussitôt un jeu de ballon. Toi, tu t'habitueras, tu es silencieux ici et tu le seras là-bas aussi. Mais moi, ici, j'ai tout, mes frères, ma mère, la ville que j'ai vu bombarder et puis dégager de la cendre quand le volcan l'a recouverte de cette poudre noire en l'honneur de mes dix-neuf ans, au printemps 1944. Moi, je ne sais vivre que dans mon pays. »

Elle s'adressait à moi, mais par besoin d'une présence. Son homme s'était aventuré là-bas en quête d'une situation meilleure, qu'il avait réussi à trouver. Ce n'était pas comme maintenant, où l'on va faire un petit tour là-bas. Nous étions un pays de pestiférés après la guerre perdue du côté honteux. Il était parvenu à obtenir un visa et il avait même trouvé un bon travail et un logement pour nous. Et sa femme en vacances sur une plage lui lançait un non à la figure, ce qui pouvait les conduire à la rupture.

« Ce n'est pas moi qui lui ai demandé d'aller là-bas. Lui, il l'a déjà dans la peau cette terre, c'est déjà à moitié une patrie pour lui. Il a toujours eu l'obsession d'y aller : après la guerre il en parlait sans arrêt. Et moi, je le faisais parler, je ne disais pas non, dans l'espoir que l'imagination pourrait lui suffire. Et maintenant, nous y voilà. »

Après cette lettre, ma mère fut absente. Elle ne cessait d'y penser, elle relisait les lignes, prenait une feuille pour répondre et restait immobile, la plume en l'air.

Je lui avais répondu que ça m'était égal. Je dis une phrase qu'elle tint à me rappeler plus tard : « Je ne veux pas avoir un poids. » Je ne voulais compter pour personne, je voulais penser aux vers à extraire du sable, lire des livres, passer mes journées en silence. Là-bas, c'était plus ou moins une affaire qui les concernait tous les deux. Mon père n'avait pas mentionné les enfants, il lui posait la question à elle et c'est tout.

La fillette vint me demander qu'on se voie l'après-midi. Je lisais les histoires des mers lointaines et je détournai à peine mon attention du livre ouvert. Je lui dis que j'irais sur la jetée pour pêcher à la ligne. C'était un endroit exposé au sud, le soleil disparaissait déjà derrière l'île l'après-midi, le laissant à l'ombre. Les poissons

78

préfèrent les heures sans le pic du soleil. Elle se releva d'un déclic de ses genoux et s'éloigna.

La plage de fin septembre s'élargissait, une fois les parasols dispersés, les mères apprenaient aux enfants à dire au revoir à la mer. En septembre, la poussée du mistral s'atténue, les vagues sont plus lentes et à intervalles plus longs, moins rapprochés qu'en août et en juillet. Les pêcheurs vont à la pêche à la traîne, au passage des thons, des aiguilles de mer, des liches, qui ne mordent pas à un hameçon immobile. Leur plage est vide, tous les bateaux dehors. J'y passai pour aller sur la jetée avec mon panier. À l'intérieur, dans un pot rempli de sable, il y avait les vers que j'avais trouvés et une ligne enroulée autour d'un bout de liège.

En septembre, on peut avoir des jours de ciel descendu à terre. Le pont-levis de son château en l'air se baisse et, glissant le long d'un escalier bleu, le ciel vient se poser un moment au sol. À dix ans, j'arrivais à voir les marches carrées que je pouvais remonter du regard. Aujourd'hui, je me contente de les avoir vues et de croire qu'elles y sont toujours. Septembre est le mois des noces de la surface terrestre et de l'espace du dessus éclatant de lumière. Sur les terrasses étagées couvertes de vigne, les pêcheurs font les paysans et récoltent les grappes dans les paniers tressés par les femmes. Avant même de les presser, le jour de la vendange enivre les pieds nus entre les rangées au soleil et l'essaim des guêpes assoiffées. L'île en septembre est une vache à vin.

C'est le mois de la fête du saint patron, la procession des bateaux défile sur la mer et le soir on tire des feux d'artifice sur la plage. Les autres étés, nous y allions au complet. Ma sœur sautait de joie à chaque explosion de couleurs en l'air. Mon père la soulevait, contrefaisant les pétards avec sa bouche, et elle, elle mimait la retombée des étincelles par terre. Au cinéma, j'ai vu Toto reproduire cette mimique du feu d'artifice, mais eux deux la faisaient mieux. Ma mère s'extasiait, moi je regardais les visages de ceux qui regardaient les explosions dans le ciel. Les yeux des enfants reflétaient les lumières colorées. Les profils des grands, pointés vers le haut, accueillaient le spectacle comme le font les fleurs avec la pluie.

Je n'aimais pas les feux d'artifice, leur imitation du volcan en flammes. J'étais intrigué par l'émerveillement qu'ils provoquaient, l'antique admiration pour le feu. Chez moi non, pourquoi ? Je l'ai compris en montagne, quand j'ai vu ma première cascade au milieu des rochers et du bois. Elle m'éblouissait, je m'approchai de son vacarme, me déshabillai et me fis tremper par la poussière d'eau émiettée. À l'intérieur passait le spectre d'un petit arc-en-ciel. Là, j'ai su que la cascade est une merveille différente du feu d'artifice. J'aime la neige, la grêle et le saut à pic d'une cascade. J'admire l'avalanche, l'air déplacé comme une gifle, l'écroulement d'une paroi qui se détache avec sa charge de neige. J'aime l'eau qui plonge en descente, mais pas le feu qui s'élance vers le haut et veut monter, se cabrer et s'effriter en cendres.

La fête se terminait par les pleurs et le tapage de ma sœur, ennemie de toute chose qui finissait. Cette année-là, nous l'avons ratée, sans elle et papa elle ne nous intéressait pas. Le lendemain matin, ma mère dit qu'ils avaient tiré fort. Je n'avais pas entendu. Il m'arrive régulièrement de ne pas entendre les coups et les pétards des fêtes du nouvel an. En revanche, dans les deux guerres où je me suis glissé volontairement, je suis resté éveillé dans les nuits des feux maudits.

J'arrivai à la jetée, un vieil homme pêchait, son béret sur la tête et le blanc qui sortait de sa nuque. Je m'assis à l'endroit le plus éloigné. Je me préparai lentement, les pieds ballant au-dessus de l'eau. Auparavant, je m'étais trempé les mains dans la mer, puis j'amorçai l'hameçon et le lançai loin, entraîné par le plomb. Je confiai la pêche au bout de mon index et je m'évadai dans mes pensées, qui arrivent de loin et s'en vont à la manière des vagues avec la barque. Elles passent dessous et la font osciller.

Un léger frémissement m'avertit qu'on essayait de goûter l'appât. À un coup sec, je répondis par une brusque détente de mon poignet en l'air, puis je soupesai la ligne pour sentir s'il y avait un poids en plus. Elle était légère et je la relevai pour vérifier. Ils avaient mangé l'appât sans se faire avoir. J'amorçai de nouveau et lançai dans une autre direction.

C'était la bonne heure de l'ombre sur la jetée. La cloche sonnait et le vieil homme retira sa présence, les pieds nus. J'aimais être abrité par le coucher du soleil, ne pas voir la fin certifiée du jour, avec le soleil disparu dans la mer. Alors, je préférais l'aube. Aujourd'hui, je cherche le coucher du soleil dans toutes les îles où je me rends. Je vais à l'ouest à l'heure où il se vide dans la mer. Aujourd'hui, je racle l'assiette de l'horizon jusqu'à la dernière lumière.

J'ai vu bien des aubes au cours de ma vie et encore maintenant, mais celles d'aujourd'hui relèvent seulement de la manie de me réveiller avec l'obscurité. Pendant que je lis les choses du réveil, je m'aperçois à peine du passage de la nuit à l'après. Aujourd'hui, le blanc d'œuf du début, la pureté du jour, m'est indifférent.

Je n'entendis pas arriver ses chaussures à semelles de corde jusqu'à ce qu'elle s'asseye à côté de moi. Juste avant, j'avais eu la chance de prendre un beau petit sargue, que j'avais remonté, l'hameçon piqué sur le bord de sa lèvre supérieure. Mon poignet avait tiré sec au bon moment. D'habitude, je libérais dans les rochers le contenu de mon petit seau à la fin de la pêche. Sans me faire voir, car mon geste pouvait blesser celui qui se mettrait à table avec aussi peu. Mais un sargue était une bonne prise et j'avais décidé de l'apporter à la maison. Je pouvais montrer à ma mère que j'étais bon à quelque chose. Elle s'assit près de moi et vit le poisson dans le seau, furieux d'avoir été capturé et de s'être fait avoir par un enfant.

« Il n'a pas eu de chance ou c'est toi qui a été fort ?

— Il n'a vraiment pas eu de chance, il est resté accroché par la lèvre.

— Comment vas-tu ?

— Je guéris vite, comme tu l'as dit toi-même.

— Je pars bientôt. Avant, je dois régler une question de justice. Tu dois m'écouter et faire ce que je te dis. » Elle détachait calmement chaque syllabe, ce qui contrastait avec la tension de son corps. De quelle justice s'occupait-elle et en quoi étais-je concerné ? Je ne répondis pas, les points sur mon front se firent sentir.

« Demain après-midi à quatre heures pile tu te rendras à la plage. Tu t'enfermeras dans la cabine et tu resteras là. Tu ne sortiras pas avant que je t'appelle. Quoi que tu entendes ou que tu voies entre les planches de bois, tu ne sortiras pas avant que je t'appelle. Tu m'as bien comprise ? »

Le volume de sa voix calme montait en moi, elle criait, je me tournai vers la jetée vide. Je m'arrêtai pour la regarder. Une robe blanche, une pâquerette à l'oreille, une odeur différente de celle des amandes, je la fixai, le regard bloqué sur elle. Ce fut ma première perception évidente de la beauté féminine. Elle n'est pas sur les couvertures des magazines, sur les podiums, sur les écrans, elle est au contraire soudain tout près. Elle fait tressaillir et elle vide. Je restai comme ça.

« Tu m'écoutes ou tu me regardes ? »

Je ne sais comment ces mots m'échappèrent : « Je peux choisir ? » Elle sourit. Parti des coins de sa bouche, son sourire gagna le reste de son visage et descendit le long de son corps jusqu'à ses pieds, qui sourirent eux aussi. Elle déposa un baiser sur ma joue à l'endroit le plus proche de mon nez.

« Tu as bien compris ce que tu dois faire demain ? »

Et elle le redit.

« Oui.

— Ce poisson, libère-le.

— Oui. »

Elle se leva, droite sur ses talons, sa robe blanche la suivit, elle me rappela la neige sur le Vésuve. À la moitié de la jetée elle se retourna, je continuai à la regarder, un ciao de la main et elle s'en alla. Elle se mêla à l'autre blanc environnant, des maisons basses.

La ligne suspendue à mon doigt, je revis la neige de l'année 1956 sur la ville, puis celle de chaque hiver sur le volcan et l'argenterie de la neige dont je me chargerais sur les chantiers du Nord en grinçant des dents, les doigts rouillés autour d'une pelle ou d'une pioche. Mes poings recroquevillés autour du manche restaient comme ça, ni fermés ni ouverts. Le soir, leur creux raidi tenait par emboîtement une cuillère ou un verre. Ma sensibilité s'arrêtait au poignet, plus loin c'étaient des rallonges de corde, de bois, de cuir.

Ces années-là, il m'arrivait de parler tout seul. Je m'adressais à mon corps : « Comment supportes-tu ça ? » Il restait calme sous la charge des heures de travail, il répondait par une patience inconnue. Je comprenais que c'était un animal ancien, transmis jusqu'à moi par des ancêtres qui l'avaient habitué aux fatigues, aux dangers, aux cruautés, aux pénuries. Avec notre acte de naissance, on hérite de l'immense temps précédent imprimé dans notre squelette.

Au bord du sommeil, je me détachais de mon corps, je m'écroulais dans le vide, tandis que lui se mettait à réparer mes fibres, recoudre mes blessures, ratisser mes énergies pour le lendemain. C'était un atelier de réparation.

J'ai habité mon corps, en le trouvant déjà plein de fantômes, de cauchemars, de tarentelles, d'ogres et de princesses. Je les ai reconnus en les rencontrant au cœur du temps assigné. La fillette, non, elle fut une primeur même pour mon corps. Près d'elle, il réagissait avec un élan dans les vertèbres, vers le haut, vers une croissance inattendue. Près d'elle, je percevais mon corps de l'intérieur : le battement du sang à fleur de poignet, le bruit de l'air dans le nez, le mouvement interne de la machine cœur-poumons. Près de son corps, j'explorais le mien, je plongeais dedans, ballotté comme un seau jeté dans un puits.

Il existe dans le corps une neige qui ne fond pas même en plein mois août, qui reste dans le souffle comme la mer dans une coquille vide. Je ne la maudis pas, cette neige qui rembourrait mes oreilles.

J'enroulai ma ligne autour du liège, je retirai l'appât encore sur l'hameçon et le jetai dans la mer. Je libérai le sargue dans les rochers. Les bateaux de pêche rentraient, il était tard pour regarder plus longtemps. À la maison, maman n'avait pas encore mis le couvert ni préparé à manger. Assise devant la table de la cuisine, elle fumait en tournant et retournant son stylo au-dessus d'une feuille toute gribouillée de petits dessins.

« Déjà l'heure de dîner ? dit-elle, étonnée de sa distraction.

« Maman, moi je suis de ton côté, quoi que tu décides ce sera bien.

— Hé, mon fils, tu parles comme un petit homme. »

Elle me fit signe de m'approcher, arrangea mes cheveux secs, collés par le sel, vérifia les progrès de ma guérison.

« Donne-moi un coup de main pour préparer le repas. Ce soir, on fait des spaghettis à l'ail, à l'huile et au persil comme tu les aimes et des œufs au plat comme je les aime. »

Je coupai les ingrédients en petits morceaux et je mis la table.

« On ne le suivra pas là-bas. Je vais lui écrire demain. »

Le soir, je sortis me promener dans les rues de l'île jusqu'au port. Je faisais attention au crottin laissé par le passage des fiacres, habitude de celui qui marche pieds nus. Les chevaux savent faire même en allant au petit trot, il est agréable à respirer, c'est de l'avoine fermentée. La chance des herbivores est de pouvoir cueillir leurs aliments partout où il y a de la terre. Le plus parfait est la chèvre, qui dépouille même les buissons d'épines. La chèvre, à elle seule, a fait vivre les peuples de la Méditerranée. Quand on pense que des citadins utilisent le mot « chèvre » comme une insulte. La chèvre a rendu possible notre civilisation. C'est ce que me disait la fillette. Quand elle parlait d'animaux, elle mettait dans sa voix une passion de justice, elle soumettait leur cas aux hommes.

Je croisai un des trois gars, le plus petit, qui avait pleuré dans ma chambre. Il était seul. Il me vit et me fit un salut embarrassé que je ne lui rendis pas. Je passais par l'avenue principale, un disque jouait la fin de la saison. Je m'aperçus qu'il m'avait suivi seulement quand il s'approcha. Il me salua à nouveau. « Je peux venir avec toi ? » Je ne lui répondis pas. « Tu vas quelque part ? » Je fis non de la tête. Il se mit à parler. Il s'était disputé avec les deux autres, ils l'avaient chassé, à cause de la fille, c'est ainsi qu'il l'appelait. Elle leur plaisait à tous les trois et de son côté elle donnait les mêmes espérances à chacun. En quelques jours, elle était devenue leur obsession, ils s'excitaient en parlant d'elle. Il marchait à mon pas, que j'allongeai car je n'aimais pas écouter ces histoires. Un soir, au cinéma, elle s'était mise à côté de lui, elle avait ri et plaisanté. Les deux autres étaient furieux et, après l'avoir raccompagnée chez elle, ils s'étaient disputés avec lui. Il s'était pris une baffe et ils lui avaient dit de se tenir à distance sur la plage.

Pourquoi voulait-il me raconter ça ? Déçu par ses amis, désemparé de se trouver seul, choses qui déforment le monde à cet âge-là. Il voulait prendre mon parti, moi qui n'en avais pas, ni même un mot de réponse. « Il va se passer quelque chose demain. Ils partent après-demain et la fille aussi s'en ira bientôt. Demain, elle devra décider avec lequel des deux elle passera sa dernière soirée. Ces deux-là se haïssent à cause d'elle. Il va se passer quelque chose demain. »

Les jeunes aiment prendre part aux événements, petits, ou grands si possible, par soif d'expérience. Je ne réagissais pas à son agitation, il se rendit compte qu'il était seul à côté de quelqu'un qui allait les mains dans les poches et les yeux à terre. Il existe en moi des fermetures insurmontables.

« D'accord, je te laisse te balader tranquillement. Je ne t'ai rien dit. » Il se retourna brusquement et s'éloigna. Je continuai vers le port, yachts et voiliers bien amarrés. De longues passerelles brillantes montaient à bord. La richesse décore des espaces qu'elle laisse vides ensuite. Elle a trop de propriétés à habiter. L'idée qu'il y eût des palais pour absents me plaisait. J'imaginais des fêtes, une musique faisait danser les élégants et les femmes décolletées, les lumières de la navigation envoyaient des étincelles que les poissons prenaient pour des anchois, restant la bouche ouverte.

Les noms des bateaux étaient princiers, *Diana Marina II*. La déesse de la chasse allait à la mer. Mon crâne bredouillait des histoires. Le port de l'île était un index de chapitres, chaque bateau à quai une aventure prête. Au retour, je passai par le bord de mer et je tombai sur les deux autres, qui se dirigeaient vers la plage à grandes enjambées, à la fois proches et éloignés, avec des gestes brusques de précipitation. Ils ne me virent pas.

À la maison, maman faisait des réussites, les deux habituelles, celle de Napoléon et l'autre, qu'elle ratait presque toujours. Je suivis plusieurs tentatives et puis bonne nuit.

« Il va se passer quelque chose demain. » Ce qui devait leur arriver à eux m'était bien égal, moi j'avais l'ordre bizarre de m'enfermer dans une cabine à quatre heures pile. Je ne devais pas oublier de prendre ma montre, que je ne portais pas en été. Et d'emporter aussi ma revue des jeux et mots croisés, s'il fallait attendre. Je n'associais pas mon rendez-vous avec ce qui devait arriver aux autres. J'étais un enfant gâté par l'isolement.

« Sans arme, les mains et les pieds nus, le premier qui crie a perdu. » Cette phrase froidement claironnée est encore dans mes tympans. Perçue de derrière les parois en bois de la cabine, elle m'avait saisi par surprise. Je n'avais pas entendu les pas approcher. Je ne faisais pas le guet, j'étais même plongé dans un mot croisé difficile. Par habitude, je lisais les définitions à voix basse. Il régnait un bon silence de bois auquel se mêlait mon chuchotement de mots essayant d'inscrire ces étés-là dans les cases blanches numérotées.

La voix martelée au-dehors me troubla. Dans la pénombre de la cabine, elle m'évoqua une définition d'autres mots croisés de quelqu'un faisant la même chose. Mais ce n'était pas ça. Je m'interrompis, assis sur le plancher, la revue sur les genoux. Mon stylo se détacha de la page. Cette phrase ne fut suivie de rien d'autre. Je ne reconnus pas la voix, elle était du Nord, mais ce n'était pas la sienne. Elle était plus adulte, limpide de tension. Et pourtant c'était la sienne, transformée par une colère contenue. Je restai immobile, elle m'avait dit de ne pas bouger tant qu'elle ne m'appellerait pas. Je ne savais pas si je pouvais m'approcher des fissures de la porte, de la lumière filtrée par les planches. Je ne savais pas si je pouvais continuer avec ma revue. Sur le moment, je pestai contre moi qui n'avais pas été attentif aux instructions. Il m'arrive régulièrement de les négliger. Je restai avec mon stylo en l'air.

Ce jour-là, j'avais été distrait. Maman n'était pas venue à la plage, pour écrire sa lettre à papa. Puis elle était allée à la Poste. Elle était angoissée par le choix qu'elle avait fait. Elle l'aurait fait malgré tout, mais j'en étais un peu responsable. J'avais transgressé ma vérité, de sincère distance entre ses raisons et celles de papa. Je m'étais mis de son côté parce que je l'avais vue désemparée et décoiffée dans la cuisine le soir en train de faire des gribouillis. J'avais prononcé une parole de soutien qui n'était pas vraie pour moi. J'avais inventé par affection. À ce moment-là, ce peu de moi lui suffisait bien. Je comprenais confusément que le vrai et le faux ont une valeur d'usage et n'ont pas d'importance s'ils servent à soulager. Je pouvais mettre de côté ma vérité, bonne pour moi seulement, en échange d'une parole bienfaisante.

Mais j'avais enlevé à mon père l'espoir de nous réunir là-bas et ça me troublait. S'il avait été présent, je n'aurais pas mis mon grain de sel, même si on m'en avait prié. Ils auraient réglé entre eux ce pari d'une vie et d'un travail meilleurs. Mais mon père n'était pas là et c'était à moi de prendre la parole. La prendre est le verbe exact de son risque. La parole prise : j'ai connu un âge qui la saisissait étroitement et ne tolérait pas qu'on la lui retire. Il montait debout sur les bureaux des profs, interrompait les cours, les remplaçait, serrait ses rangs et scandait des syllabes comme un tambour. Il prenait la parole et ne la rendait pas.

Je veux aller là-bas : si j'avais choisi de dire ça ? Elle m'aurait laissé aller comme on laisse tomber une chose de ses mains. Elle aurait écarté les doigts sans changer d'avis. C'était une fille de guerre, elle avait tant de pertes inscrites sur son registre. Elle aurait ajouté « absent » à côté de mon nom. Pour elle, j'aurais été le pire des traîtres, prêt à déserter sa ville, son dialecte, son île pour un quelconque là-bas. J'y pensais et je n'en sortais pas indemne. Au moins l'avais-je fait impulsivement, ce fut ma formule atténuante, restant coupable de mots qu'il me fallait taire. Rester silencieux était ma spécialité et j'avais en fait transgressé ma meilleure consigne. J'étais intervenu entre eux deux. C'était sûrement la conséquence du changement dans mon corps. Grandir comportait un précipice d'effets inconnus. Il avait suffi de un centimètre.

Et puis, je la trahirais quand même, plus tard, ma ville, ma maison. Un après-midi, je sortis par la porte dont je n'avais jamais eu la clé. Je la fermai doucement et je descendis les plus profondes marches de ma vie, que je ne devais jamais remonter pour vivre à nouveau là. Un peu sonné, je pris le chemin de la gare, ma tête résonnant de l'adieu que je n'avais pas dit. Le funiculaire, puis le bus, puis le train et au total dix-huit ans : je les quittais, je m'arrachais au temps passé comme on arrache une herbe du mur, le laissant tout propre.

Le billet était alors un petit rectangle, à peine plus grand qu'un timbre, un titre de voyage pour quelqu'un qui n'avait ni titre ni déroulement. Par la fenêtre de droite, le Vésuve changeait de forme, tourné vers le nord. Si j'avais rencontré quelqu'un pour me dire : « Rentre chez toi », je l'aurais embrassé.

Le contrôleur fit un trou dans mon billet et je m'en veux de l'avoir jeté en sortant de la gare de la ville inconnue. Pendant un an à la recherche d'un endroit où dormir, sauvé par la chaleur des assemblées brûlantes et des affrontements de rue où je me plongeais sous l'urgence. À l'époque, notre force publique tirait sur les travailleurs agricoles du Sud et l'Alliance atlantique renversait une démocratie dans la Grèce voisine pour la remplacer par une dictature militaire. L'Italie frémissait à petit feu. Je retrouvai ma colère d'enfant dans les larmes arrachées par les gaz lacrymogènes. Mais je pouvais refouler mes larmes, en même temps que les boîtes fumantes de gaz qu'on nous lançait dessus. Je les ramassais bouillantes avec un gant et les relançais aux troupes. On devenait nombreux, l'importance de soi-même diminuait.

J'ai connu alors le poids et l'ampleur du pronom « nous ». Il était compétent, il n'excluait pas les autres, il effrayait les pouvoirs. Il apporta dans les prisons les révoltes et les livres qui n'y étaient pas. Les livres sont la plus forte contradiction des barreaux. Ils ouvrent le plafond de la cellule du prisonnier allongé sur son lit.

Je téléphonais à ma grand-mère, celle des romans policiers, la napolitaine : « Nonna, comment fait-on cuire les œufs au plat ? » Je ne me risquais pas à appeler ma mère, avec elle nous échangions des phrases sévères, à oublier. Et ma grand-mère répondait vive et pleine d'esprit au bout du fil. J'ai continué ainsi et j'ai progressé grâce à elle, au téléphone, jusqu'aux aubergines à la parmesane.

Maman avait peur de perdre papa avec une lettre. Elle fut contrariée de ne pas être seule en rentrant à la maison : « Qu'est-ce que tu fais encore ici ? Pourquoi n'es-tu pas à la plage ? » Fâchée contre elle et contre moi qui l'avais soutenue, elle voulait rester seule. Elle alla dans la cuisine pour remplir la cafetière, je sortis avec mon épuisette en direction des rochers et je restai dans l'eau jusqu'aux frissons. Je rentrai à la maison à l'heure du repas, maman mettait la table, elle avait chassé ses craintes et avait de

l'appétit. Il y avait une belle salade et de la pro-
vola[1] que j'aimais. L'origan et le basilic se disputaient l'avantage dans l'assiette, le nez était
impartial : « Tu n'as rien pêché aujourd'hui
non plus ? » Et elle souligna sa phrase d'un sourire. J'avais pris plusieurs poissons, mais les avais
tous rendus à la mer. Pour aller dans son sens,
je dis : « Rien, pas la moindre castagnole. »

Et ainsi, la lettre était partie et je pouvais
perdre papa. Grandir sans lui ? Je pousserais de
travers, je chercherais à m'appuyer contre un
mur comme une plante grimpante qui glisse
sinon. Je ne le perdis pas alors, car il renonça à
l'Amérique. Il rentra et je ne l'ai plus entendu
en parler. Il avait chassé l'avenir de ses pensées. La vie à Naples a été pour lui un exil sans
voyage. Il l'avait replié dans une lettre qu'il
nous avait envoyée et dans son journal que j'ai
retrouvé au milieu de ses chaussures. Le papier
était frais, l'encre passée, son blanc est plus fort
que le noir qui veut s'imprimer. Le papier veut
redevenir vide, comme le fera la terre après
nous.

J'ai perdu mon père une aube de novembre.
Il vivait avec moi, son lit au-dessous de ma mez-
zanine. Ces jours-là, je n'allais pas au chantier,
ces nuits-là j'étais sur son dos, je ne le laissais

---

1. Fromage au lait de vache à pâte filée de l'Italie du Sud.

pas en paix. En une seule aube, je fus orphelin de lui, il souffla une dernière syllabe, le *ou* de « secours », que je ne pouvais lui apporter.

Sur les pavés des rues des villes de Bosnie, les obus laissaient la cicatrice d'une rose explosée. Depuis une aube de novembre, sa mort a le sifflement en *ou* d'un obus en vol qui continue à rejoindre sa cible.

Je le rencontre dans mon sommeil, où je pleure sans larmes. Le deuil de mon père est une flaque d'eau de mer asséchée. Au milieu des rochers, il reste le sel séché, des sanglots à sec.

Je retrouve à présent mes larmes d'il y a cinquante ans. Elles reviennent à mes yeux après avoir voyagé et fait partie du goutte-à-goutte des yeux du monde. Elles sont revenues au point de départ et je les pleure de nouveau. La fenêtre disloquée par des décennies d'intempéries que je brûle dans la cheminée me suffit. Des mains que je ne peux plus toucher l'ont ouverte et refermée. Pourtant, je les vois, veines, tendons, forme des ongles, remuer dans l'air de la maison et s'affairer.

Les larmes reviennent bras dessus bras dessous, deux par deux, se penchent sur le bord et plongent des cils sur mon pantalon, tandis que je pose mon front sur mes mains vides. Ce sont les mêmes larmes d'enfant, d'ancienne impuissance. Elles n'ont rien à demander et cessent toutes seules.

À la maison, dès mon retour en ville, pensais-je, je me procurerai une photo de lui. Il avait un vieux Ferrania ; il fallait une forte lumière pour impressionner la pellicule. Je devais chercher parmi les négatifs. Je m'égare, avec ce jour qui s'en allait en zigzag à son rendez-vous. J'ai déjà pu constater que les jours pesants ont une allure titubante, des jours qui s'entêtent à ne pas conclure. Après manger, je restai sur mon lit et transpirai dans mon sommeil. L'arrivée du camion qui venait approvisionner la citerne vide me réveilla. Maman insista pour que je me lave, d'après elle je puais.

« Mais si je suis dans l'eau pendant des heures entières ?

— À la mer tu ne sens pas mauvais, mais à la maison oui. »

J'aimais l'odeur du corps qui absorbait le sel et le mêlait au reste des senteurs répandues dans l'air. Il faisait partie de l'odeur du monde, il ne restait pas isolé dans une bulle de savon. Je m'égare avec ce jour-là, avant de me glisser dans une cabine en bois, à quatre heures de l'après-midi. Notre cabine était la dernière de notre plage, tout contre une dune d'agaves et de figuiers de Barbarie, une clôture d'épines. J'étais dans le calme en train de faire des mots en croix, je n'utilisais pas de crayon, trop facile d'effacer et de corriger. L'erreur devait rester, et j'écrivais donc avec un stylo en quête du parcours sans faute. Si je ratais, je commençais une autre grille. Je reconnais facilement que je me trompe. J'en étais à la moitié quand la voix fut un interrupteur. « Sans arme, les mains et les pieds nus, le premier qui crie a perdu. » Dehors commençait une scène muette mais sonore, comme lorsqu'on bat les tapis. Je transgressai la consigne de ne pas bouger, je m'approchai de la lumière étroite et longue de la porte.

Deux garçons, ces deux-là, s'affrontaient. En sueur, la figure rouge sous la presse du soleil, ils cherchaient leurs points faibles, le foie, le visage. L'un était gros, la figure cachée dans la graisse, l'autre, plus grand et pourtant plus léger, devait éviter le corps à corps en gardant ses distances à coups de pieds et d'allonges de bras. Ils haletaient d'un souffle rauque, ils bavaient, ils entraient et sortaient de la marge de ma fissure. Le gros essayait d'attraper par le cou le grand, qui se débattait mais qui dut ensuite subir la prise, il se cramponna à ses hanches en lui bloquant aussi un bras et en le soulevant de terre. Serré à en avoir le souffle coupé, l'autre cherchait de sa main libre les yeux du gros pour lui faire desserrer sa prise, mais ce dernier rentrait sa tête et son menton dans le sternum du grand et il serrait encore plus fort. La main qui tâtonnait réussit finalement à ferrer le nez de l'autre et à lui faire assez mal pour l'arrêter. Mais même sous la douleur qui le faisait grogner pour ne pas crier, avant de lâcher prise le gros s'abattit de tout son corps sur l'autre à terre, l'écrasa et roula.

Dans le silence de l'air immobile, leur chute résonna comme un coup de tambour. Ils tombèrent sur le sable et sur le caillebotis, et le premier sang jaillit. Une fois libres, ils se relevèrent et ramassèrent tous les deux du sable pour se le lancer au visage. Ils se retournèrent pour esquiver. Ils devaient avoir délimité au préalable un carré où se battre, car ils sortaient à peine de mon étroit champ de vision et y rentraient à nouveau.

Le plus grand joua de vitesse et décocha le premier coup de poing au visage. Le gros porta les mains à sa bouche, l'autre en profita pour lui balancer son pied dans le ventre. C'étaient deux ennemis et plus seulement des rivaux. Le gros réagit comme un sanglier en chargeant, tête basse, pour aller agripper l'autre. Il encaissa un coup de pied mais réussit sa prise. Dans son élan, il tomba sur son adversaire, qui se retrouva au-dessous de lui. Il se mit à le bombarder de coups de poing à tour de bras, mais en vrac. Celui du dessous se défendait mais prenait aussi des coups assez forts. En se contorsionnant, il évita une beigne qui était un vrai coup de marteau, le gros perdit l'équilibre et l'autre se faufila hors de sa prise. De nouveau debout, ils transpiraient et crachaient de la salive, du sang et du sable.

D'autres coups empoisonnés de haine mais à bout de forces tombèrent encore. Ils en arrivèrent à s'attraper par les cheveux et dans un dernier enlacement ils finirent par se mordre, criant de douleur tous les deux. Ils se détachèrent, vaincus par les coups et l'épuisement. Recroquevillés sur le sable, ils essayaient de retenir le cri qui était sorti et qui voulait encore éclater.

« Vous avez perdu », sa voix froide perça de côté, d'un angle aveugle pour moi. J'entendis frapper à la cabine et je fus appelé à sortir. Elle était sûre que j'étais là-dedans et plus sûre que moi qui ne savais pas où j'étais et pourquoi je devais y être. N'importe quel endroit valait mieux que ce réduit où j'avais observé à la dérobée l'inutile de la haine et du sang.

« Tu peux sortir maintenant. » C'était un ordre auquel obéir. Je tirai le verrou et ce fut elle qui poussa la porte. La lumière de face me fit lever un bras pour me protéger. Elle me prit par le coude pour me faire avancer sur le caillebotis. Les deux autres étaient accroupis par terre, ils n'arrivaient même pas à regarder. « C'est lui qui a gagné », dit-elle en me désignant. Elle prit mon visage entre ses mains et voulut m'embrasser sur la bouche. Je m'écartai instinctivement et son baiser atterrit sur mon nez encore rouge et gonflé, ce qui réveilla la douleur. « Non, dit-elle, ne bouge pas », et elle m'embrassa de force sur la bouche et long-temps au point qu'il me fallut respirer par le nez. Elle se détacha de mes lèvres avec un cla-quement.

J'étais resté immobile à la regarder. « Mais toi tu ne fermes pas les yeux quand tu embrasses ? Les poissons ne ferment pas les yeux. » Les deux allongés sur le sable reprenaient leur souffle dans des geignements. Elle me prit par la main et m'entraîna. Nous marchâmes, je transpirais dans sa paume, je titubais sur son pas, c'est difficile d'avancer à côté d'une femme, encore maintenant je ne trouve pas le rythme. Nous arrivâmes sur une petite plage, entre les rochers on voyait une autre île au sud. Au-dessus de nous pendait l'ombre d'un figuier.

« Chez nous on dit que lorsque le fruit est mûr, il doit avoir le cou d'un pendu, la robe déchirée et une larme de femme de mauvaise vie.

— Et pourquoi de femme de mauvaise vie ? demanda-t-elle.

— Je ne sais pas, il paraît que ses larmes sont plus grosses, peut-être de douleur.

— De toute façon, la figue n'est pas un fruit mais une fleur. »

Et pourquoi les vend-on chez le marchand de primeurs et pas chez le fleuriste ? Je pensai cette bêtise mais ne la dis pas. Je lui en offris une, elle la pela, moi je la mangeai tout entière, même le cou. Elle m'observa, amusée. Je la regardais. « Et ferme un peu ces yeux de poisson. » Je ne pouvais pas. Bien sûr, je battais des paupières, mais pas volontairement. Je voulais imprimer son visage sur ma rétine. Comme pour le Ferrania de papa, il me fallait beaucoup de lumière.

« Tu as tout vu ?

— Je suis encore en train de voir.

— Non, je dis avant, tu as tout vu ? Tu devais y assister. » Il fallait un témoin à sa justice, sans lequel elle restait inachevée. J'avais été impliqué par entraînement, forcé à avoir un poids. Je ne voulais pas et je tentai de le lui enlever à elle aussi. « Ils se faisaient mal par haine entre eux, pas pour toi.

— Alors tu n'as rien vu. Ils se battaient pour moi, et c'était juste qu'il en soit ainsi. Les coups qui t'avaient blessé devaient les blesser eux-mêmes. C'est ainsi que la justice égalise. »

Ce genre de comptes ne m'allait pas, il n'y avait qu'un seul corps blessé au début, et maintenant on en avait trois. Aucune égalisation, au contraire cette justice dépareillait encore plus. Intimidé devant sa conviction, je m'en sortis par une question secondaire. « Pourquoi as-tu dit au début que personne ne devait crier ?

— Tu ne comprends pas ? S'ils avaient crié, on aurait pu venir les séparer.

— Et si un seul avait crié et s'était rendu ?

— Ça s'est passé comme ça devait se passer. »

Je sais maintenant qu'une justice nouvelle, attentive au cas particulier et qui invente sur mesure la sentence, part de la miséricorde pour l'offensé et arrive ainsi à être impitoyable. La miséricorde est implacable et ne se laisse pas étouffer. Elle est essentielle au début dans la formation d'un caractère révolutionnaire.

Voilà ce que pouvait être devenue cette fillette en grandissant, quelqu'un que le siècle des révolutions avait poussé à prendre position. Et alors, je l'ai sûrement croisée, car j'ai connu cette espèce humaine dans ma vie. Et elle a dû m'entrevoir et me remarquer parmi des milliers dans les cortèges en plein air, sans me reconnaître. Dans nos manifestations, j'allais les yeux et les poings serrés. Durant cet été-là, je ne voyais aucune justice dans la douleur supplémentaire de ces deux garçons. Je pouvais l'admettre, car la douleur existe, mais je ne pouvais l'associer à une justice. Elle ne réparait rien. C'est peut-être vrai pour les autres, utile à une communauté et à son système de contre-poids aux torts, mais elle était inutilisable pour moi. Les blessures guérissaient toutes seules, la justice était pour elles le corps qui les cicatrisait. Je n'avais pas de mots ni d'élan pour m'opposer aux siens. Elle, à cette heure-là, était la volonté en personne. C'est normal que ce soit un mot féminin, comme « eau » ou « justice », et que « sang » soit masculin. Elle avait médité et puis exécuté la sentence. Elle me la montrait comme une évidence, elle ne cherchait ni approbation ni gratitude.

Bien sûr, je n'en éprouvais pas, mais de l'amour oui. Je nomme ainsi des indices d'un mot qui se formait peu à peu : ses mains qui avaient tenu mon visage immobile pour le baiser public et mon obéissance, l'effet de rapide guérison de mes blessures, la découverte émotive de la beauté. Je comprenais après coup ce qui se passait dans les livres, lorsqu'une personne se rend compte de la singularité d'une autre et concentre exclusivement son attention sur elle. Je comprenais l'importance de s'isoler, d'être à deux et de parler à perdre haleine. Le désir n'avait rien à y voir, cet amour mettait fin à l'enfance, mais n'excitait encore aucun muscle des étreintes. Il rayonnait en moi, rendait visite à mon vide et l'éclairait.

Nous sommes restés jusqu'à l'heure de l'ombre. Avant les départs, il est d'usage d'échanger des adresses, de promettre de s'écrire. Nous nous sommes dit non. « Ne traînons pas derrière nous une promesse que nous trahirons ensuite. Nous savons bien que nous ne nous reverrons pas. Et si cela arrive, nous serons différents et nous ne nous reconnaîtrons pas. Tu changeras de forme et de voix, tes yeux de poisson non, et c'est par eux que je pourrai peut-être te reconnaître. Rentrons maintenant, puis nous passerons ensemble ce dernier soir.

— Tu pars demain ?

— Oui. »

Aujourd'hui, je sais que cet amour à peine éclos contenait tous les adieux suivants. Aucune femme ne s'arrêterait, je ne connaîtrais pas le mariage, pas de côte à côte devant un tiers qui demande : « Est-ce que tu veux ? » L'amour serait une courte halte au milieu des isolements. Aujourd'hui, je pense à un temps final en commun avec une femme, avec laquelle coïncider comme le font les rimes, en fin de mot.

De retour chez nous, on sentait une forte odeur de tomates cuites. La provision de conserves avait commencé, les cuisines s'étaient donné rendez-vous. L'odeur accompagnait les retours sur la terre ferme à la fin de septembre.

Ce jour-là, j'avais vu pour la première fois le gaspillage de rouge du sang des autres. Je n'étais pas sorti de la cabine pour l'arrêter. Ces coups auraient dû m'affliger et j'y avais pourtant assisté sans bouger jusqu'à la fin.

Après l'avoir quittée, la honte, *lo scuorno*, qui n'est pas une rougeur au visage mais un pic-vert qui creuse son nid dans un vieil arbre, me monta au visage. J'avais failli. Je n'avais pas été celui que je demande à être. C'est à moi que je demande et je suis effaré de me trouver médiocre. Jusque-là, j'admettais mon impuissance d'enfant, qui se défoulait dans les pleurs, mais après les coups encaissés, après les blessures, je l'avais surmontée, m'en remettant aux changements violents. Et pour une fois que je pouvais me comporter en personne nouvelle, je n'avais pas su saisir l'occasion. La définition de ma grand-mère maternelle continuait à être vraie, elle qui disait que j'étais armé d'une pierre ponce et d'une aiguille à tricoter, *preta pòmmice e fierro 'e cazetta*. Tel était mon équipement, armé d'une pierre sans poids et d'une aiguille facile à tordre. Je me le répétais en rentrant à la maison. Le napolitain sait fustiger. Je ne ressens la morsure d'une insulte dans aucune autre langue. M'en lancer une en italien, c'est comme jeter une pierre sur mon ombre et pas sur mon corps.

Après la surprise de pouvoir prononcer le mot « amour », venait l'expérience physique de la honte, une prise puissante sur les nerfs. Aujourd'hui, je sais que c'est un sentiment politique car elle pousse à répondre pour l'ôter de son visage. La honte d'avoir laissé sortir le sang de ces deux-là sans avoir fait un geste pour l'arrêter. Je n'étais plus un enfant et en échange j'étais à peu près rien.

Ce bout d'un été d'il y a cinquante ans, vu à travers la focale de la distance, s'agrandit. On découvre des horizons aussi dans un microscope, pas seulement du haut d'une montagne.

À la maison, maman raconta qu'elle avait rencontré un monsieur, d'une famille noble, qui l'avait saluée. Il voulait lui faire un baisemain, mais elle, qui avait peu l'habitude de ces chichis, avait simplement tendu le bras pour une poignée de main normale. L'homme prend ses doigts et les tourne pour les embrasser. Étonnée, elle a un geste instinctif de défense et tente de dégager sa main. Lui la serre et l'attire, elle la retire, lui la retient. Une petite lutte muette a lieu un court instant, jusqu'à ce qu'elle comprenne l'intention galante et cesse de résister, au moment où l'autre se décide à porter les doigts de maman à ses lèvres. Ainsi, au lieu d'un baisemain, le noble s'est donné un bon coup sur la bouche avec la main de ma mère. Puis, confus et stupéfait, il a remis sur sa tête une casquette de capitaine de marine et s'est éclipsé. De son côté, elle a repris son chemin vers la maison en éclatant de rire.

Au dîner, je lui ai demandé si elle avait eu honte de quelque chose pendant la guerre.

« *Scuorno* ? Honte ? Et de quoi donc ? La guerre m'a fauché mon plus bel âge. C'est la guerre qui devait avoir honte. » Elle réfléchit un moment. « Oui, d'un garçon, il me courait après, j'avais dix-sept ans. J'en avais plusieurs autour de moi, j'étais belle, libre. Oui, la guerre permettait une étrange liberté. Les adultes étaient occupés par des choses sérieuses, ils surveillaient moins leurs enfants. Les bombardements aériens nous rendaient égaux et utiles aussi. Ce garçon me faisait la cour. Nous étions en 1942, il a dû partir comme marin. Il m'a demandé un rendez-vous la veille, je ne sais pas pourquoi je ne m'y suis pas rendue, distraite par d'autres choses. Il m'a écrit une lettre. Son bateau a coulé. J'ai eu honte de ça et encore maintenant, puisque je m'en souviens. Tu m'embêtes, que me forces-tu à me rappeler ?

— Je suis désolé, je pensais à une honte plus petite. »

Je ne lui raconterais pas la mienne.

« Essaie plutôt de ne pas avoir honte bientôt à ton examen de rattrapage. »

Les maths m'étaient sorties de la tête. Je m'étais entraîné à faire des exercices avec mon jeune professeur, cette matière était devenue une variante du sport cérébral. Il fallait atteindre une solution au bout d'une série de passages en montée. Comme dans les escalades, un dernier pas donne la solution.

« Alors tu les sais, tes maths ?

— Je les sais. »

Par la fenêtre ouverte entra la musique de quelqu'un qui jouait. « Tu aimerais apprendre à jouer de la guitare ? À lire la musique ? »

Aujourd'hui, je monte sur la noble estrade en bois d'un théâtre, d'une place publique, pour raconter des histoires et aussi les chanter en pinçant de mes doigts les six cordes. Il y a un demi-siècle, la guitare entra dans ma vie par la fenêtre ouverte et la voix de ma mère. C'est à ce moment-là que se décida le rapport entre la musique et moi. Je dis : « Non » et je m'en suis toujours voulu. Je racle un peu la guitare et même si j'invente un air, je ne sais ni lire ni écrire la musique. Ou bien je le retiens ou alors, tant pis, je l'oublie. Les doigts qui vont sur les cordes sont habitués à des usages plus frustes. Sur ma guitare, je pose plutôt ma voix que mes mains. Je refusai sa proposition pour ne pas m'ajouter un travail supplémentaire et réduire le temps que je passais à lire et à vivre avec les histoires. Elle ne se découragea pas, revenant d'autres fois sur l'avantage de se tenir compagnie avec une guitare. À l'âge de treize ou quatorze ans, je mis sur mes genoux les beaux flancs de bois de l'instrument.

Je l'ai toujours, pendu à un clou dans ma chambre. Je le décroche certains soirs de tempête entre les arbres et les crépitements sur le toit. J'oppose au jazz extérieur un peu de mélodies napolitaines. Je suis reconnaissant à ma mère de m'avoir convaincu d'y poser les mains. Je me suis tenu bonne compagnie avec ses cordes. Les chansons apprises de ma mère ont forcé ma voix fermée. Je les colporte sur une scène, la lumière dans la figure qui a l'effet opposé, celui d'être devant du noir, et je m'adresse à cette obscurité, à ce coin où se trouve celle qui m'a appris chaque syllabe et qui m'a demandé jusqu'à ses derniers jours de lui chanter quelque chose. Dans chaque pièce, dans chaque salle, quand je chante en napolitain, elle existe et elle écoute. Les absents ont besoin d'une voix qui les appelle hors de l'absence et les force à être de nouveau là, au moins le temps d'une chanson. Maman de cendres en tas sur le pré, nos nuits de mars, la seringue prête pour chasser l'épine de la douleur, la chambre de passage où la vie avait du mal à finir et où les doigts ne voulaient pas se détacher. Maman qui fait de moi un orphelin maintenant que je suis vieux. Je posais sa main tiède et fatiguée sur mon front et je respirais à nouveau calmement. Avant l'aube, j'ouvrais la fenêtre pour faire entrer l'air nu qui n'avait pas vu la lumière et se glissait rapidement dans les poumons. Maman, les derniers jours tu avais le profil d'un oiseau en vol.

« Tu aimerais apprendre à jouer de la guitare ? À lire la musique ?

— Non », mon non stupide.

Je posais des questions sur la guerre parce que je suis du XXe siècle, né en sa moitié, et j'aurais voulu l'être plus, être né avant pour y participer davantage et mourir dedans, peut-être même le 31 décembre 1999. Quand mon cœur s'est arrêté à l'hôpital, m'offrant l'expérience de la mort, j'ai pensé au soulagement de mourir avant elle.

Ceux qui ont eu des enfants ont vu le temps grandir sur eux. Moi, j'ai pu le suivre sur les arbres plantés, sur l'ombre des feuillages qui s'élargit par terre. Je n'ai pas compensé par la naissance de fils la perte de mes deux parents morts dans mes bras, en lorgnant à la dérobée leur prolongement sur les nouveaux enfants. Les vies de mes deux parents sont dans la prison des absents et aucun jour ne passe sans que j'attende dehors.

Je posais des questions sur la guerre pour mesurer la distance entre cette époque et la mienne, mais il n'y avait pas de mesure. J'ai grandi avec la lumière électrique, je ne sais rien du temps où un enfant de Naples allait recueillir la cire coulée des cierges à l'église, pour la revendre. Il existe des distances qui peuvent se dire mais pas se compter.

« Lave-toi les cheveux, ne sors pas ce soir avec ces cheveux en broussailles. Viens ici, attends. »

Elle me fit pencher la tête au-dessus de la cuvette, versa un broc d'eau sur mes cheveux, me les frotta et puis elle les peigna encore mouillés.

« Je me suis habituée à ton nez amoché, il te donne l'air plus grand. »

Quand l'eau ne coulait plus du robinet, il en restait un fond dans la citerne de la cour. Je soulevais le couvercle et je glissais à l'intérieur le seau en fer attaché par une corde à l'anse. Il descendait en tapant contre les bords et carillonnait. Sur le fond, il s'inclinait pour se remplir, je le remontais à coups secs de bras. Le seau alourdi laissait tomber des gouttes dans le vide, un bruit de talons dans une église. Je le versais dans la bassine de maman. Après s'être lavée, elle utilisait l'eau pour nettoyer le sol avec une serpillière. Il y en avait peu et nous l'accompagnions jusqu'à son dernier emploi. Celle pour cuire les pâtes finissait dans la cuvette des toilettes, une fois salée elle n'était pas bonne pour la terre.

Cette pénurie me convenait, elle mettait une certaine prévenance dans nos tâches domestiques. Je l'ai appliquée à nouveau dans la construction de ma maison au milieu des champs, en recueillant l'eau de pluie dans les fossés et en l'utilisant pour gâcher le mortier. C'était l'hiver et il n'y avait encore ni puits ni courant électrique.

En septembre, la première pluie sur l'île était accueillie avec des récipients en plein air. Il était gai, le bruit des gouttes dans les cuvettes, les seaux, les marmites et les casseroles. L'eau qui tombait après une longue sécheresse était une tarentelle déchaînée dans les cours. Maman prit l'eau dans un seau pour mc laver les cheveux. Je sortis. Ma tête mouillée rafraîchissait mes tempes.

Le rendez-vous était sur la jetée, elle était déjà là, sous un réverbère plein de papillons de la lumière. Elle se détacha d'eux, vint vers moi et dit, amusée : « C'est pour moi que tu t'es fait tout propre ? Vraiment flattée, messire.

— C'est mon premier rendez-vous, damoiselle. »

Nous sommes allés sur la plage des pêcheurs, vide le soir. Les bateaux alignés au sec offraient un appui pour le dos et entre eux tout le calme qu'il nous fallait. Nous nous sommes assis sur le sable côte à côte, épaule contre épaule, sans envie de parler. Des voix sortaient des maisons des pêcheurs, mais pas de la mer qui chatouillait le rivage.

« Tu aimes l'amour ? demanda-t-elle en regardant droit devant elle, là où se dressait le flanc d'une barque peinte en blanc avec une rayure bleue.

— Avant cet été, je le lisais dans les livres

et je ne comprenais pas pourquoi les adultes s'enflammaient autant. Aujourd'hui, je le sais, il provoque des changements et les personnes aiment changer. Je ne sais pas si j'aime ça, moi, mais je l'ai et avant il n'était pas là.

— Tu l'as ?

— Oui, je me suis aperçu que je l'avais. Ça a commencé par ma main, la première fois que tu me l'as tenue. "Maintenir" est mon verbe préféré.

— C'est drôle ce que tu dis. Tu es amoureux de moi ?

— C'est comme ça qu'on dit ? Ça a commencé par ma main, qui est tombée amoureuse de la tienne. Puis ça a été le tour des blessures, qui se sont mises à guérir très vite, le soir où tu es venue me voir et où tu m'as touché. Quand tu es sortie de ma chambre j'allais bien, je me suis levé du lit et le lendemain j'étais à la plage.

— Alors, tu aimes l'amour ?

— C'est dangereux. Il en sort des blessures et puis, pour la justice, d'autres blessures. Ce n'est pas une sérénade sous un balcon, il ressemble à une tempête de libeccio, il malmène la mer au-dessus, et au-dessous il la trouble. Je ne sais pas si je l'aime.

— Mais le baiser que je t'ai donné, tu l'as aimé au moins celui-là ?

— C'était pas à moi qu'il était donné, celui-là, il était claqué au nez des deux autres par terre. »

Assis côte à côte dans une faible lumière, il me venait des mots rapides comme de petites bulles.

« Alors je t'en dois un rien que pour toi ? »

Elle s'approcha de moi. Instinctivement, je voulus me tourner de l'autre côté, mais une force imprévue poussa ma tête vers elle. Le baratin qui m'était venu facilement quand je ne la regardais pas s'arrêta net. Elle était si belle tout près, les lèvres entrouvertes. Les lèvres d'une femme m'émeuvent quand elles s'approchent, nues, pour un baiser, elles se déshabillent entièrement, du haut des mots jusqu'en bas.

« Ferme ces maudits yeux de poisson.

— Mais je ne peux pas. Si tu voyais ce que je vois, tu ne pourrais pas les fermer.

— D'où te viennent ces compliments, petit jeune homme ?

— Quels compliments ? Je dis ce que je vois.

— Ça suffit maintenant. » Elle passa ses doigts sur mes yeux et puis, de ces doigts-là, elle descendit sur les ailes de mon nez, sur ma bouche, jusqu'au menton. Et elle posa ses lèvres sur les miennes entrouvertes d'émerveillement.

« Quelle merveille ! dis-je quand elle se détacha, tout doucement.

— Celui-ci était pour toi. Je te le demande encore, tu aimes l'amour ?

— Eh bien, si c'est ça, oui. » Je pensai que je comprendrais tous les livres à partir de ce moment-là.

Bien d'autres baisers s'ajoutèrent encore au milieu des barques. À chacun d'eux, je me voyais grandir, plus que par mes blessures. Elle ne demandait plus de fermer les yeux. Je voyais ses paupières se baisser et puis se serrer à l'instant précis du contact des lèvres. Elle passa aussi ses doigts dans mes cheveux, elle étudiait mon visage, elle ébauchait un sourire et puis de nouveau un baiser. Nos mains se caressaient.

Nous restâmes assis côte à côte, les genoux relevés. Les baisers partaient de nos talons plantés dans le sable. Ils remontaient nos vertèbres jusqu'aux os du crâne, jusqu'aux dents. Aujourd'hui encore, je sais qu'ils sont le plus haut sommet qu'atteignent les corps. De là-haut, du point culminant des baisers, on peut descendre ensuite dans les gestes convulsifs de l'amour.

Je parcours depuis longtemps les Saintes Écritures, sans un souffle de foi. Dans ma lecture, je savoure l'ancien alphabet, ma connaissance se fait par la bouche. L'hébreu ancien tourne comme un morceau entre langue, salive, dents et voûte du palais. Ouvert à chaque réveil, c'est un reste de manne, il prend les parfums désirés sur le moment, comme dans les baisers.

Le premier couple humain, créé dans un jar-

le sixième jour, eut au-dessus de lui la première nuit sans limites. À leur insu, l'appétit, la
soif, l'enthousiasme et le sommeil s'éveillèrent
dans leurs corps. La première nuit, inconnue,
leur sembla le reste du jour numéro un, effrité
en petits points lumineux. Ils ne savaient pas
si le soleil reviendrait, alors ils s'embrassèrent.
Leurs bouches se trouvèrent toutes proches et
ils inventèrent le baiser, le premier fruit de la
connaissance. Cette connaissance était du mercure, un liquide sensible à la température des
corps. Je connais cette première fois car j'ai eu
moi aussi cette heure sur la bouche, identique
instant en commun, sur du sable de mer, le ciel
sans toit sur la tête.

Notre chambre au milieu des barques fut
éclairée par la lune montée sur la proue
devant nous. Nous nous détachâmes, les lèvres
engourdies. Le chemin vers nos maisons se fit
à l'aveuglette, en le perdant côte à côte. À un
croisement, nous nous séparâmes, dégageant
nos mains sans besoin d'autre salut. Ève et son
époux, sortis du jardin, avaient déjà eu tout le
bien du monde. La vie ajoutée ensuite, loin de
cet endroit, n'a été que divagation.

Maintenant et ici, il va bien, le mot « fin »,
petite sœur de frontière et de fenêtre fermée.

DU MÊME AUTEUR

Aux Éditions Gallimard

ACIDE, ARC-EN-CIEL (« Folio » n° 5302).

EN HAUT À GAUCHE (« Folio » n° 5491).

PREMIÈRE HEURE (« Folio » n° 5363).

TU, MIO (« Folio » n° 5207).

TROIS CHEVAUX (« Folio » n° 3678).

MONTEDIDIO. Prix Femina étranger 2002 (« Folio » n° 3913).

LE CONTRAIRE DE UN (« Folio » n° 4211).

NOYAU D'OLIVE (« Arcades » n° 77 ; « Folio » n° 4370).

ESSAIS DE RÉPONSE (« Arcades » n° 80).

LE CHANTEUR MUET DES RUES, *en collaboration avec François-Marie Banier.*

AU NOM DE LA MÈRE (« Folio » n° 4884).

COMME UNE LANGUE AU PALAIS (« Arcades » n° 86).

SUR LA TRACE DE NIVES (« Folio » n° 4809).

QUICHOTTE ET LES INVINCIBLES, *spectacle poétique et musical avec Gianmaria Testa et Gabriel Mirabassi*, Hors série DVD.

LE JOUR AVANT LE BONHEUR (« Folio » n° 5362).

LE POIDS DU PAPILLON (« Folio » n° 5505).

LES POISSONS NE FERMENT PAS LES YEUX (« Folio » n° 5847).

ET IL DIT (« Folio » n° 5671).

ALLER SIMPLE.

LE TORT DU SOLDAT.

Dans la collection « Écoutez lire »

LE CONTRAIRE DE UN (1 CD).

Aux Éditions Rivages

ALZAÏA.
REZ-DE-CHAUSSÉE.
LES COUPS DES SENS.
UN NUAGE COMME TAPIS.

Aux Éditions Verdier

UNE FOIS, UN JOUR (repris sous le titre PAS ICI, PAS MAIN-
    TENANT, « Folio » n° 4716 et sous le titre PAS ICI, PAS MAIN-
    TENANT / *NON ORA NON QUI*, « Folio Bilingue » n° 164).

Aux Éditions Mercure de France

LES SAINTES DU SCANDALE, 2013 (« Folio » n° 5848).

COLLECTION FOLIO

Dernières parutions

Composition Nord Compo
Impression Novoprint
à Barcelone, le 13 octobre 2014
Dépôt légal : octobre 2014
ISBN 978-2-07-045962-9. / Imprimé en Espagne.

269845